# 文化と政治を結んで

不破哲三

新日本出版社

# まえがき

昨年来、文化の問題を主題とする講演をする機会が二度ありました。

第一回は、昨年（二〇一五年）一〇月一七日、図書館の関係者の集まり、「日本共産党がんばれ、図書館の会」設立の集いで、日本共産党本部の大会議室が会場となったこともあって、記念講演を頼まれたことです。

〝不破の図書館とのかかわりを〟という注文でしたが、図書館との縁はそう多くはないので、主題を「**本と私の交流史**」ということに勝手に広げました。そして、図書館とのかかわりだけでなく、子どものころからの古本屋歩き、国際活動のなかで本をどう収集し活用してきたか、ぼう大な読書ノートのマルクスの利用の仕方などなど、初公開のエピソードもまじえて、回想記風に話しました（初出は、『前衛』二〇一六年二月号）。

第二回は、今年の五月八日、宮本百合子没後六五年を記念して開かれた「百合子の文学を語るつどい」（主催：日本民主主義文学会、婦人民主クラブ、多喜二・百合子研究会）での記念講演「**伸子・重吉の**

「『十二年』――未完の『大河小説』を読む――」です。

私は、一九七〇年代から九〇年代にかけて、百合子の生涯と文学の研究をかなり集中しておこなった時期があり、没後の記念講演も三回おこないました。講演の主題は、没後二〇年（一九七一年）のときは「宮本百合子の社会評論について」、三〇年（一九八一年）では「宮本百合子の『十二年』」、四〇年（一九九一年）では「『道標』と『道標』以後――百合子は何を語ろうとしたか」でした。

この表題の推移にも表われていますが、私の百合子研究は、日本の知識層の多くが混迷の中にあった敗戦直後の時期に、百合子が発表した社会評論が、抜群の知性と先見性を示したものであったことへの感動から始まりました。そして、その知性が、「十二年」の苦闘を通じて鍛えられ磨かれたものであったことを知って、その「十二年」、すなわち、夫・宮本顕治の地下活動への移行（一九三三年）から日本の敗戦（一九四五年）にいたる「十二年」が、百合子の生活と文学にとってどういう意味を持っていたかの研究に進みました。その中で、百合子のなかに、「十二年」を主題とする長編小説を、そこにいたる百合子（作品では伸子）自身の成長過程から書くという大構想が熟し、戦後、その構想がまず『二つの庭』、『道標』という二つの作品として執筆されたこと、これらの作品はそこで完結するものではなく、それに続く二つの連作、主人公の伸子が共産主義者として日本での活動をはじめる『春のある冬』、『十二年』、なかでも最後の『十二年』こそが、この大長編の核心部分として設定されていたことを、明らかにしました。

これが、ごく大筋ですが、私の一九七一～九一年の百合子研究の主要な内容であり、到達点でした。それ以後は、百合子全集の新しい版が出たり、宮本顕治の『獄中からの手紙』が刊行されたときには、それらに目を通しましたが、百合子研究を自分の研究主題としてとりあげたことは、一度もありませんでした。

今回、四度目の記念講演の依頼を受けたとき、最後の百合子研究から二五年の空白があることにくわえ、〝私には、百合子研究ではもう語るべき新しい主題はない〟ということがすぐ頭に浮かびました。しかし、あらためてこれまでの仕事をふりかえると、そこでは、百合子が生涯をかけた大長編構想は、後半の二つの作品、なかでも最後の『十二年』にこそ、百合子が書きたかった核心的主題があったということを、私自身くりかえし強調しながら、その『十二年』の内容については、ほとんどまとまった考察をしないままですませていました。

〝そこに鍬《くわ》を入れることはできないだろうか〟、『十二年』そのものに新たな研究課題があると考えて、あらためて百合子研究を再開し、四度目の没後記念講演にのぞんだというのが、今度の講演の背景説明です。講演の冒頭、今回の企てが〝冒険〟だということをくりかえし強調しましたが、この〝冒険〟が成功しているかどうかは、読者の判定に待ちたいところです（初出は、『民主文学』二〇一六年八月号）。

この二つの講演を本にまとめるにあたって、以前の時期の文章の中から、文化の諸方面に関連するものを合わせて一冊にしたいと考え、いくつかの文章をとりあげ、全体の表題を、『文化と政治を結んで』とした次第です。

**「文学についての発言から——マルクス、エンゲルス、レーニン——」**は、一九八一年の秋、文学者を主にした民主的な芸術家の研究会でおこなった、レーニンの『唯物論と経験批判論』についての報告の一部です。報告では、最後の部分で、社会科学の分野での認識論、もっと広く言えば、社会にたいする人間の認識の問題をとりあげました。そこで、マルクス、エンゲルス、レーニンの文学についての発言をとりあげて、文学における反映論を問題にしてみました。この仕事は、私にとってはかなりの冒険だったのですが、マルクス、エンゲルスとラサールの間のジッキンゲン論争や、エンゲルスのバルザック論、レーニンのトルストイ論などをあらためて読み直して、報告者の私自身、大変勉強になったことを記憶しています（報告「『唯物論と経験批判論』によせて」の全体は、『資本論と今日の時代』一九八二年　新日本出版社に収録）。

**水上勉さんとの交友のなかで**

作家の水上勉さんとの交流は、心筋梗塞という同じ病気にかかり、私がその〝先輩〟だったということからの思いがけない出会い（一九八九年）に始まったもので、水上さんが亡くなるまでの一五年間、密接な交流をつづけました。生前には、対談『一滴の力水』（二〇〇〇年　光文社）を出し、死後三年にあたる二〇〇七年には、この間にやり取りした手紙のすべてを、その時期々々についての私の解説をつけて編集した『同じ世代を生きて』（新日本出版社）を出しましたが、そこには、水上さんのご子息で「無言館」館主の窪島誠一郎さんから、「地下茎でむすばれる、ということ――父と不破さんの『交心録』」と題する貴重な締めくくりの文章をいただきました。

ここに収録したのは、往復書簡集『同じ世代を生きて』に不破が書き込んだ解説の中から、交流の歴史を語る部分を抜き出したもの、及び、「しんぶん赤旗」に掲載した水上さんへの追悼の文章です。

## 宗教者との懇談会で

私は、京都を中心として宗教者の方々と、二〇〇〇年六月と二〇〇一年三月に二回にわたって懇談会をおこないましたが、日本共産党と宗教界の方がたとの、宗派を超えての懇談会は、これが初めてだったと思います。仏教、キリスト教の各派、神道、大本教、金光教など、さまざまな宗教各派と率直な意見の交換ができたことは、私にとっても、たいへん貴重な機会となり、そこで得た教訓は、その後の国際活動で、イスラム世界との交流を進めるうえでも、大きな助けとなりました（掲載した発言は、すべて、「宗教者と不破哲三さんとの懇談会・事務局」が発行した冊子によりました）。

## 「『子午線の祀り』をめぐって――木下順二さんとの〝対話〟――」。

木下順二さんとの交流のいきさつは、この文章のなかに書きましたからくりかえしませんが、ここで紹介した「子午線の祀り」をめぐる〝対話〟は、私にとっては、いつまでも記憶に残る貴重な交流史です。

「益川敏英さんとの素粒子対談――素粒子のふしぎから憲法九条まで――」

これは、益川さんが、二〇〇八年一二月、ノーベル物理学賞を受けた直後に、「しんぶん赤旗　日曜版」でおこなった対談です。私が旧制高校に入った戦後の四〇年代は、量子力学が物理学の最先端で、素粒子論への道がこれから開かれようとする時代で、学生のあいだでも自然弁証法への関心が高まっていました。その頃のことも思い出しながら、素粒子論の最前線に立つ益川さんと、得難く、また楽しい対談をしたものでした。

二〇一六年一〇月

不破　哲三

目次

まえがき　1

伸子・重吉の『十二年』……15
——未完の「大河小説」を読む——

はじめに——なぜ、〝『十二年』を読む〟というテーマを設定したか　15

『十二年』を書く——一九三〇年代以来の目標だった　18

最初の長編執筆とその挫折　20
獄中からの批判を受けて　22
「『伸子』以後を書く」という決断　28
『道標』の最後、伸子の決意を見よ　33

『十二年』の内容を探る　35

（一）素材——総計一三八九通の往復書簡　35

（二）主題――獄の内外の伸子・重吉の交流　39
どんな状況のもとでの交流だったか　39
顕治からの「急襲的批判」　41
治安維持法という「鉄条網」に囲まれて　47
（三）核心――重吉の公判闘争　52
重吉の公判闘争の特別の意義　52
四四年公判にかけられた歴史的任務　55
顕治はその任務をみごとにやりとげた　58
百合子はこの公判から何を得たか　61
（四）時代――戦時下の日本社会の変転　67
社会全体を視野に入れて　67
「天気晴朗の日」に備えよう　69
（五）方法――新しいリアリズムの探究　72
方法論をめぐる顕治・百合子の対話　72
主人公・伸子と作者との「距離」　76

結び。民主主義文学への期待――「時代を描く」という問題　78

本と私の交流史…………81

子どものころから古本屋歩き　82
図書館とのかかわり――大学時代の〝産業〟ルポのアルバイトなど　87
宮本百合子研究のこと　90
「マルクスと日本」をめぐって　94
国際論争のなかで思い出すこと　100
『スターリン秘史』でも古本屋歩きが役立った　104
各国共産党との交流を通じて　111
マルクスは図書館を徹底的に利用した　117
歴史的な時期に発足する「図書館の会」の発展を願って　126

文学についての発言から…………131
――マルクス、エンゲルス、レーニン――

ジッキンゲン論争　132

マルクス、エンゲルスのラサール批判　138
バルザックとトルストイ　149
レーニンのゴーリキーへの手紙　157

## 水上勉さんとの交友のなかで……167

出会いの経過　167
勘六山の山房を訪問　172
対談・一滴の力水　180
水上「まえがきにかえて」　189
不破「あとがきにかえて」　191
水上勉さんのこと　194

## 宗教者との懇談会で……199

第一回懇談会（二〇〇〇年六月一四日、京都・聖護院大仏間で）　200
最初の発言　200
現世の問題で共存して歴史をきずく立場　／　ヨーロッパでは「連帯」がキーワードに　／　森首相の「神の国」発言と世界の報道　／　宗教

の共存を認めない宗教政党・公明党
質問に答えて　210
教育と市民道徳の問題　／　少年法の矛盾点の見直しを提案
第二回懇談会（二〇〇一年三月一六日、京都・知恩院和順会館で）　216
最初の発言　216
日本の宗教界の共存という伝統の大切さ　／　自由な共同社会―信仰と布教の自由　／　次の世紀に日本と地球をりっぱな姿で……
質問に答えて　1　222
質問に答えて　2　224
質問に答えて　3　226
「政教一致」とはどういうことを指すか　／　「無宗教」という言葉の意味について
まとめの発言　231

「子午線の祀り」をめぐって……233
――木下順二さんとの〝対話〟――
「子午線の祀り」の舞台を観ての手紙 234
〝知盛〟像をどのように彫り上げたか 235
『平家物語』と読みくらべると 237
「返書」を受けての驚きと感動 239
六年後の手紙から 241
益川敏英さんとの素粒子対談……243
――素粒子のふしぎから憲法九条まで――
物理学との出合い 244
物質の階層性 246
六種類のクォーク 249
科学の方法論 251
自然の弁証法 254

クォークに色と香りの名　255
貧しい教育予算　257
平和への情熱　261

# 伸子・重吉の『十二年』
## ――未完の「大河小説」を読む――

二〇一六年五月八日、宮本百合子没後六五年記念講演会「百合子の文学を語るつどい」（日本民主主義文学会、婦人民主クラブ、多喜二・百合子研究会主催）でおこなった講演。

### はじめに――なぜ、〝『十二年』を読む〟というテーマを設定したか

みなさん、こんにちは。不破哲三でございます。

実は、このつどいでの講演について、民主主義文学会会長の田島一さんからお話があった時に、考えさせられました。私が宮本百合子について話した最後の講演は、没後四〇年の記念の夕べ、一九九一年一月のことでした。「『道標』と『道標』以後」という題で話をしたのですが、それまでの研究を二冊の本にまとめて、私としてはもう語りつくしたという思いがありました。しかも、最後の講演をしてから、二五年の空白があるわけです（ざわめき、笑い）。

しかし、あらためてふりかえってみると、研究すべきだなという問題意識を強くもちながら、そこまでゆけなかった一つの主題がありました。思い切ってそれに取り組んでみようと思って、田島さんに、ご返事をしたのです。その主題が、宮本顕治さんが言う、「自然の不意打ち」［＊］で中断を余儀なくされた戦後の連作の、『二つの庭』と『道標』に続く後半部分のことであります。

＊　百合子の死の直後に、宮本顕治がその突然死を特徴づけた言葉（「百合子追想」一九五一年一月三〇日『展望』五一年三月号に発表、『宮本顕治文芸評論選集』第二巻　新日本出版社　二五三ページ）。

それは、百合子が『春のある冬』および『十二年』と題して予定していたもので、その後半部分を「読む」という課題です。二五年前の講演では、『道標』以後のことも頭に入れて話しましたが、書かれなかった部分が何だったかについては、ごく簡潔にふれたにすぎませんでした。

この連作は、百合子が、自分の「ライフワーク」と呼んだものであり、しかもこの連作にかけた彼女の最大の目標は、書かれなかった部分、なかでも『十二年』の執筆にあったのでした。作者が書かないままで終わったものを、あえて「読む」というのは（笑い）、たいへんおこがましい〝冒険〟でありますが、そこには、その〝冒険〟をあえてするだけの値打ちがあるし、そのことを可能にするだけの材料を百合子自身がたいへん豊かに残している、私はそう考えて、あえてこの主題に挑戦する意思を固めたわけです。

今日の話の主題を立てたいきさつは、以上のようなことです。書かれなかったこの大河小説の主役をなす百合子も、夫の宮本顕治も、歴史上の人物ですから、特別の場合以外には、敬語なしで登場させることを、どうかご了解いただきたいと思います。

（注）なお、本書では、この稿以外にも百合子と顕治の書簡を引用しますが、百合子の書簡は、二〇〇〇〜〇四年刊行の全集（新日本出版社）により、引用個所は全集の巻数とページだけを記載することにします（その他の作品なども、同様にします）。顕治の書簡は、『宮本顕治　獄中からの手紙』上下巻（新日本出版社）により、引用箇所は、上下巻の区別とページ数だけを記載します。

## 『十二年』を書く——一九三〇年代以来の目標だった

最初に申し上げたいのは、書かれなかった部分、なかでも『十二年』こそが、この長編の中の、百合子が一番書きたかった主題だったということです。そして、まずはじめに、この大作を書くにいたる百合子の模索と探究の歴史を、簡単にまとめてみたいと思います。

さきほどの百合子の生涯についてのスライドでご紹介があったように、百合子はまだ一〇歳代のときに、『貧しき人々の群』（一九一六年）を書き、二〇歳代の半ばに、『伸子』（一九二四～二六年）を書いて、一躍日本の文壇の注目を浴びました。私の子どもの頃、わが家にも昭和の初めに出た『現代日本文学全集』（改造社、一九二六～三一年刊行）があって、子どもながら作者名ぐらいは眺めていたものですが、背表紙に名前の出ているほぼ九〇人の文学者のなかで、女流文学者は四人しかいませんでした。一人は樋口一葉、現役の作家はわずか三人で、そのなかに中条百合子がいました。

それほどの注目を浴びた中条百合子が、三年間のソ連・ヨーロッパ旅行（一九二七～三〇年）を経て、三〇年一一月に帰国すると、すぐ一二月にプロレタリア文学運動に参加したのです。これはたいへん世間を驚かせたことだったと思います。そして、当時は公表されないことでしたが、三一年一〇月には日本共産党に入党します。そしてプロレタリア文学運動のなかで、三一年七月ごろだと思いますが、宮本顕治と出会い、三二年二月に結婚しました。

ただ、手紙を読みますと、顕治、百合子の二人が自分たちの記念日としてたがいに祝いの挨拶を交わすのは、一月二三日ですから、二人のあいだでは、そういう歴史があったのだと思います［＊］。

**＊　二人の記念日**　たとえば、三九年一月二三日、顕治の「今日は特に祝福の挨拶で手紙をはじめたい」（上二二〇ページ）、一月二五日、それを受けた百合子の「二十三日に手紙を書いて下すったのね、ありがとう。その前日あたりかと思っていたところでした」（第22巻一三四ページ）、四〇年一月二一日筆、百合子の「ゆうべも、二十三日にはどうなさるかしら、そして自分はどうしようかしらと思いました」（第23巻九九ページ）、四五年一月二五日、顕治の「今朝は待望の例年の足袋カバー届き、ずっと暖くなった。これが二十三日のための何よりの実質的な贈物だね。詩も凍りながらでは作れないのが現実だろう。僕等の二十三日の何度目かに、こういうリアリスティックな日があることも又面白い必然性だね」（下三四八ページ）など。

その年の三月～四月に文学運動にたいする大弾圧があって、四月には百合子も検挙され、顕治は地下活動に移ります。二人の結婚生活はわずか二カ月で中断となりました。その後の顕治の消息は百合子にもなかなかわからなかったのですが、三三年一二月には顕治の検挙が公表されます［＊］。そこから、獄中、獄外を結ぶ「十二年」という時代が始まるのです。

＊ **不破の戦前の記憶から**　小学生時代のことですが、父がつくっていた新聞スクラップの綴じ込みのなかで、宮本顕治検挙の報道に出合いました。日本共産党については何の知識もありませんでしたが、「中条百合子の夫検挙さる」という大見出しが、強く印象に残っています。

## 最初の長編執筆とその挫折

百合子は顕治が逮捕されてほぼ一年後に面会を許され、二年ぶりに顕治と会い、三四年一二月から手紙の交換も始まりました。百合子は、そのころの手紙で、新しい長編を書きたいという意欲と構想が胸に浮かんできたことを、くりかえし強調しています。プロレタリア文学運動に参加してから、いろいろな作品［＊］を書いてきましたが、本格的な長編に挑戦したことはなかったのです。

＊　代表的な作品を挙げると、「刻々」は三三年六月執筆、『中央公論』に掲載の予定でしたが、検閲で掲載不能になりました。「小祝《こいわい》の一家」は『文芸』三四年一月号、「乳房」は『中央公論』三五年四月号に掲載。「乳房」は主人公が「ひろ子」の名で、獄中の夫「重吉」とともに登場する最初の作品です。

自分の心のなかで、長編を書くだけの意欲と力、そういうものがみなぎっているのがわかる。そういう意味のことを、獄中の顕治にくりかえし伝えています。

こうして気持ちを高ぶらせてきたその長編の連載が、一九三七年にいよいよ始まるのです。長編の最初の第一作は「雑沓」（『中央公論』三七年一月）で、百合子の分身は、友人関係から左翼の文化運動に接近し始めた女学生「宏子」として現われます。第二作は「海流」（『文芸春秋』三七年八月号）、第三作が「道づれ」（『文芸』三七年一一月号）でした。一つの長編の連作ですが、掲載する雑誌は毎回違う、このあたりは、百合子などの長編を一つの雑誌に連載し続けるわけにゆかない、当時のジャーナリズムの不自由さの表われだと思います。

百合子は、いよいよ意気盛んで、第一作「雑沓」を書いてすぐ、顕治宛に、これまでの作品は「乳房」を含めて、この長編に至るまでの「過渡」だった、「作家が永い生涯の間で何度発展をとげるか」、これは「作家必死の事柄です」（三六年一二月一二日の手紙　第21巻一二一ページ）と書き、第二作「海流」の執筆の頃には、「私はこの長篇を努力して書き終るとやっと小説における自身の今日の到達点を具体化できると信じ、本気です」（三七年七月二六日の手紙　同前一二七ページ）と書くなど、この長編にかけた自分の意欲と意気込みを、毎回のように顕治に手紙で書き送りました。

ところが、第三作の「道づれ」――ここで顕治の分身が左翼の文化運動に参加している大学生「重吉」としてようやく顔を出し、宏子・重吉の物語がいよいよ始まることになるのですが、その発表後の三八年一月に、百合子に執筆禁止の弾圧［＊］が加わるのです。こうしてこの長編は挫折しました。

＊ **執筆禁止の弾圧** 第一次のこの弾圧は、三九年二月～四月ごろから解けはじめましたが、四一年二月には第二次の執筆禁止が始まり、戦争の終結まで続きました。百合子がふりかえっているように、「一九三二年から一九四五年八月十五日までに、わたしがともかく作品を発表することのできた時間は、三年九ヵ月あまりしかなかった」（「解説（『風知草』）」第18巻三一三ページ）のでした。

## 獄中からの批判を受けて

この弾圧のもと、小説も評論もいっさい発表できない時期が、翌三九年の二月～四月ごろまで続きました。百合子自身としてはこの長編に意欲満々でしたから、〝あの弾圧さえなければ自分の新しい発展段階を画する大長編ができあがっていたはずだ〟、こういう思いをずっと持ちつづけていました。ところが、その百合子に、三九年二月～三月、獄中の顕治からかなり痛烈な批判が送られてきました。連載当時は、それらの雑誌を獄中にとどけることができなかったため、かなりおくれて連作を読んだ顕治からの批判でした。

批判点は、二つありました。

一つの批判は、連作そのものを直接とりあげたもので、「『雑沓』も旅立ち以来、無銭旅行的テンポだ」としていました（三九年二月一四日の手紙 上二三〇ページ）。「無銭旅行的」というのは、それぞれの人物がどういう生活の基盤から出てきて、社会的な意識を深めてきたのか、そういうことが書かれていないという批判でした。

さきほど紹介したように、百合子の分身は宏子という女学生、顕治の分身の重吉も大学生で、それぞれなりにプロレタリア運動に接近・参加してゆく、という登場の仕方でした。宏子についていえば、かなり裕福な家庭の生まれとされますが、その宏子が、どうしてこの運動に接近するようになったのか、大学生である重吉も、どうして左翼運動にくわわってきたのか、そういう内面的な必然性がなにも書かれないまま、三〇年代の時代と闘争を大きな視野で描くはずの長編の主役に設定されていたのです。

「無銭旅行的テンポ」という意味は、そのことを指したものでした。簡単な短い言葉ですが、獄中からの通信ですから、顕治は、そういう内容を、検閲者にわからないように、独特の言葉で伝えたのです。百合子には、その意味が痛いほどにわかりました。これが第一の批判点でした。

もう一つの批判は、直接、問題の連載そのものにあてたものではなく、先行する他の作品（「ズラかった信吉」と「舗道」）［＊］をとりあげての批判ですが、これらの作品が中断したのは、「生活力の内的必然としてでなく……いわば心臓からより頭脳でかかれたことに重要な一因子がある」という指摘です（三九年三月九日の手紙　上二三六ページ）。

＊　「ズラかった信吉」は、『改造』三一年六月〜九月号に連載された小説で、著者の都合で、四回目で連載打ち切りとなりました。「舗道」は、『婦人之友』に三二年一月〜四月号に連載されましたが、

四月はじめの百合子の検挙で中断したままになりました。顕治は、これらの連載の中断もあれこれの外的事情にではなく、百合子の側の、「生活力の内的必然」の弱さに原因があったと見るべきだということを、指摘したのです。

百合子は、それまでは、自分の長編小説に自信をもっていて、弾圧によって中断することになったけれども、弾圧されなければ、それこそ画期的作品になったと思い続けていました。その百合子にとっては、これらの指摘は、本当に手痛い批判だったのです。しかし、彼女はこの提起を正面から受け止め、自分がたどってきた文学的足取りにも思いをいたしながら、〝深く考えてみると、顕治のいうとおりだ〟ということに気がついてきます。とくに「心臓」からではなく「頭脳」で書かれた、という批判は、実感的にもただちにわかったようで、三月一一日には、中絶した諸作品が「頭脳的所産」であって、自分として評価できる「伸子」その他の諸作品は、「過渡性」のものではあるが皆、自然発生的に「ハートから書かれている」と、顕治の批判を受け止めた手紙を獄中に送っています（第22巻一九五ページ）。

百合子は、その後も、この線で自分の諸作品の自己考察を深めてゆき、一一月一五日の手紙では、その一つの到達点が次のように語られます。

「『貧しき人々の群』、それから『伸子』、『一本の花』から『赤い貨車』［＊］、それから『小祝《こいわい》の一家』、『乳房』、この間にまだ書かれていなくて、しかも生活的には意味深いいくつかのテーマがあります。……今書こうとしているものなどは、そのブランクを埋めるものですね。……生活の成長とともにあらわれる作品の体系というものを考えます。……それから例のかきかけの長いのをちゃんとかけて。そしたら、うれしいわね」（第23巻一七ページ）。

＊『一本の花』は、『伸子』を書き終えた翌年、『改造』二七年一二月号に発表した作品。『赤い貨車』は、ソ連滞在中に執筆して『改造』二八年一一月号に発表した作品。

こうして自分の作品を思い返してみると、初期の『伸子』をはじめ、その時々の自分の心情と自分の眼で書いた、つまりその時点の百合子がハート（心臓）で主題をとらえて書いた一連の作品がある、それにくらべると、このあいだ書きはじめた長編小説では、やはり自分の頭で作りあげた、生活実感のない人物が登場していた、こういうことが自分自身のこととして腑に落ちて来たのです。

そして、自分の成長のこの過程には、まだ「書かれていない」部分がある、その「ブランク」をうずめる作品をまず書いて、その上で長編小説にあらためて取りかかろう、これがこの時点の百合子の到達点でした。

執筆停止の弾圧措置は、この年の二月～四月ごろから解けはじめ、百合子は近代日本の女性作家論（「婦人と文学」）の執筆を開始していました（最初の二篇は、『中央公論』三九年五月号と『改造』同年七月号に掲載、続く一一篇は『文芸』三九年九月号～四〇年一〇月号に連載）。

それに並行して、成長過程の「ブランク」をうずめる意図で書いたのが、ソ連滞在中の二つの出来事を描いた「おもかげ」（『新潮』四〇年一月号）と「広場」（『文芸』四〇年一月号）でした。どちらも主人公は「朝子」［＊］です。「おもかげ」は、弟が自殺したとの電報を受けた朝子の思いを描いた作品でした。「広場」は、ソ連滞在の最後の時期を扱った作品で、ある人物から、ソ連に残って文学の仕事をしないかとすすめられる、朝子は、ソ連に残るべきか、日本に帰るべきか、迷うのです。その人物から評価されたことはうれしいのだが、はたしてそれでよいのだろうか。そして、迷いをのりこえて、やはり日本に帰って日本で仕事をしなければいけないと決意する。そのことを書いた小説です。

＊　「朝子」の初登場は、ソ連・ヨーロッパ旅行の前に書いた「一本の花」でした。

それが終わったら長編にすすむというのですが、この段階では、まだ長編そのものの構想は形をなしていないのです。

ここでちょっとわき道に入りますと、これらの手紙で気に入っている過去の作品として百合子が挙げるものは、大部分、百合子の分身を主人公としたものです。しかし、その主人公の名前は、時代によって違います。最初は「伸子」でしょう。それから、そのあと、ソ連・ヨーロッパ訪問に先行する時期を描いた「一本の花」や、ソ連での出来事を書いた「おもかげ」、「広場」では「朝子」、日本に帰ってプロレタリア文学運動に参加して以後は、「乳房」も「雑沓」なども、「ひろ子」あるいは「宏子」です。

伸子、朝子、ひろ子（笑い）。主人公のこういう発展系列がある。百合子自身の説明によると、これは、自分の脱皮の段階に対応する命名だというのですね。最初の段階が「伸子」、社会的に自覚し文学的にも成長して、「伸子」から脱皮した段階が「朝子」。では、その朝子と次の「ひろ子」とはどこで区分されるのかというと、重吉に会う前が「朝子」で、会って以後が「ひろ子」だというのです［＊］（笑い）。ソ連滞在中に共産主義者になって帰国してくるのですが、ソ連にいる間は、まだ重吉に出会っていませんから、この段階はまだ「朝子」、そういう使い分けをしているとのことです。

＊**伸子、朝子、ひろ子**　この問題での百合子自身の解説は、次の通りです。

「伸子は題名として今日では古典として明瞭《めいりよう》になりすぎていて、人物の展開のためには、てれくさくてつかえなくなってしまっています。伸子、朝子、ひろ子、そういう道で脱皮してゆきます、面白いわね。朝子は重吉の出現までの一人の女に与えられたよび名です。朝子が万惣《まんそう》の二階で野菜サンドウィッチをたべるような情景から、彼女はひろ子となりかかるのです。そして、それからはずっとひろ子」（一九三九年一二月六日の手紙　第23巻二九ページ）。

万惣とは東京神田の須田町にあるフルーツパーラーのことで、百合子と顕治の出会いの象徴として、手紙の中でその後も出てくる情景です。

## 「『伸子』以後を書く」という決断

百合子自身の過去の作品群への考察は、やがて、ライフワークをなす長編小説をいかに書くべきかという構想にも、深い影響をおよぼしてゆきます。

自分の作家としての成長の過程を考えると、自分は「私小説」、すなわち私自身を主人公とした小説から出発している［＊］。私というものがあって、その私がいかに自分の人生と社会を見、そのなかで成長を遂げていくかということを、いつも作品の主題にしてきた。

その立場で、自分自身の成長・発展に応じて、伸子の段階、朝子の段階、ひろ子の段階と書いてきているのだが、そういう自分がいまの時代にふさわしい長編小説を本当に書こうと思ったら、私小説から出発した作家として、その立場で現代を書くしか道はないのではないか。つまり、伸子から出発して、その伸子がいかにして成長し、発展を遂げてきたかをずっとたどりながら、プロレタリア文学運動に属する作家であり共産主義者である自分の現在の活動にまですすむ。回り道ではあるが、こういう書き方をする以外には、私は、本当の意味で今の時代を描く小説は書けない。

＊　**私小説からの出発**　四〇年一一月一一日の手紙の中の言葉。「私は私小説から発生して居りますからね。人道主義的なものであっても私　からはじまって居ります。よしや多くの展開の可能をふくんでいるとしても、私　からはじまったということは文学の歴史において何ごとかであるの

です。それが拡大され、拡大されてゆく過程で、ある永い期間、やっぱり自分を追求してゆきぬかなくては、本質の飛躍の出来ないところ、ひどいものねえ」（第23巻三六五〜三六六ページ）。

こうして、四一年の二月ごろ、顕治の批判を受けてからほぼ二年間かかりましたが、百合子は、「『伸子』以後を書く」という構想にたどりつきます。

「『海流』しかし今になると、作者は、もっともっとあの題材をリアルにしてかいておきたいと思う心がつようございます。伸子の発展であるが、発表する関係から、宏子《ひろこ》が女学生でそのために一般化され単純化されている面が非常に多いのです。心理の複雑さ、人生的なもののボリュームの大さ、それは、やはり『伸子』以後の、『二本の花』をうけつぐ（間に『広場』、『おもかげ』の入る）ものとして描かれてこそ、本当に面白い作品です、歴史の雄大さのこもったものです、書いておきたいわね。それは作家としての義務であるとも思います。必ずいつか時があるでしょう」（四一年二月八日の手紙　第23巻五二三ページ）。

「『伸子』以後を書く」というのは、この長編では、伸子―朝子―ひろ子と、段階ごとに主人公を交代させるのではなく、その全体を、伸子その人の成長過程として描いてゆく、ということです。

こうして、百合子が「『伸子』以後を書く」という新しい長編構想に到達した年は、ちょうど日本の支配層が日中戦争から太平洋戦争への侵略戦争の拡大を決断する年でした。百合子は、この年の二月、ふたたび執筆禁止の弾圧を受け、さらに一二月八日の開戦直後には検挙されました。これはまったく理由なしの検挙でした。危険人物のリストがあらかじめ用意してあって、開戦とともに、リストに載った人物を全部逮捕するという無法きわまる弾圧でした。

百合子は逮捕されて後、調べもないまま、まず留置所、それから巣鴨の東京拘置所に放り込まれ、四二年七月、熱射病で人事不省となり、執行停止で意識のない状態で自宅に帰されました。意識を回復して以後も、視力や言語障害が激しく、自分で筆をとる力もない状態が続きます。四二年八月七日付が顕治宛の第一信でしたが、手紙は、しばらくのあいだは全部代筆で、自分で顕治宛の手紙を全部書くようになったのは、翌四三年の三月末からでした。

こうしてどうにか健康を取り戻したときに、「『伸子』以後を書く」というさきの構想が、胸の中であらためて成長し、動き始めます。

四三年九月、熱射病で釈放されてから一年二カ月くらいたった時ですが、顕治への手紙のなかで、百合子はこう言っています。

「何かが今私の内に発酵しかけているらしくて、一寸《ちょっと》した風も精神の葉裏をひるがえすというようなところがあります。……こういう風に、本当に新しい諧音《かいおん》で自身のテーマが鳴り出そうとする前の魅力ある精神過敏の状態は、いい心持です。今の気持でおしはかると、私は断片的な感想などから書きはじめず、全く自身の文学の系列をうけつぐ小説をかきはじめるらしい模様です」（四三年九月二七日の手紙　第25巻四一～四二ページ）。

これは、自分の精神状態が、自身のテーマをもった新しい長編を生みだす前夜の状態にあるということを、百合子独特の表現で獄中の顕治に訴えた手紙でした。

続く一〇月四日の手紙では、さらに一歩進めて、「そこを行くしかない」、「そこを行くということを、作品的に云うと、『伸子』以後をかくということです」と書きました（同前四五ページ）。百合子は、三九年の顕治の批判以来、模索と探究をつづけてきた長編小説の新しい構想について、ついに決断を下したのでした。

これに呼応するように、顕治から一〇月一五日付で、「『伸子』以後を書く」という百合子の決断を支持し激励する手紙がきました。

「『伸子』の続きは必ず生れるべきもので、ここ一、二年にまとまった力作を残しておくことは実に有意義のことで、全くそれでこそ能才以上のものであることになるのだね。からだの調子をうまく保って段々勉強して行くように」（下二四六ページ）。

顕治の同意と激励の手紙を受けて、百合子は、早速お礼の手紙を書きました。そのなかに、やがて生まれるべき長編についての、たいへん印象的な特徴づけがあります。

「その時代には属していないが、まだ自身を発見していない伸子は何とたよりなく、しかも内在するものにひしとすがって、彼女の道をたずねるでしょう。我々の女主人公を愛して下さい。あらゆる小作品の列が、大きい真空に吸い込まれるように次々と長く大きい作品の中に吸収されてゆく光景の雄大さ。これは私の生涯に於《おい》てはじめて感じる感動であり、芸術の大さであり、大きい芸術の大さです。……これをかき通せば私もどうやら大人の叙事詩をもつことになるでしょう」（四三年一〇月一八日の手紙　第25巻六〇〜六一ページ)。

こうして構想がかたまったのが、戦後書き始めた、『二つの庭』に始まる連作の長編でした。この経過を総括していえば、百合子は、プロレタリア文学運動に参加した時、三〇年代の日本社会とそのなかでの平和と社会進歩の闘争を描こうとして、直接その時点から小説を書き始めた。しかし、その試みは成功しなかった。顕治の助言もえつつ、私小説出身の作家である自分が、本当にこの時代を描くためには、主人公の成長を追いながら、その主人公とともに三〇年代の日本に自分の足で立ってこそ、「無銭旅行的テンポ」とは言われない、また「頭で書いて心臓で書いていない」とも言われない、そういう地に足のついた大作を生みだしうる。百合子がこの結論に到達した時には、描くべき三〇年代は、すでに三〇〜四〇年代にひろがっていましたが、これが、自分のめざす「ライフワーク」についての到達点となりました。

戦後、自由になったときに、百合子は、この構想に立って長編の執筆にとりかかります。ここでは、以前の過渡的な女主人公「朝子」は消えて、『伸子』以後の全歴史が、伸子の成長過程として描かれました。

この長編のなかで、百合子がもっとも書きたかった主題は、後半の『春のある冬』と『十二年』、なかでも『十二年』でした。なぜ、そこから始めないで、『二つの庭』と『道標』から始めたのか。その理由は、いま見て来た経過から明らかだと思います。百合子は、『伸子』以後の伸子の成長を歴史的に追ってこそ、三〇〜四〇年代の戦時下日本の生活と活動を、生きたものとして書けるという確信をかためたからこそ、そういう回り道をとったのでした。

## 『道標』の最後、伸子の決意を見よ

百合子が長編の後半部分で何を書きたかったかということは、『道標』の最後の情景に、非常に生き生きと表現されています。

ソ連滞在の最後の時期に、山上元（片山潜の分身）という、日本共産党の先輩にあたる共産主義者から、ソ連に留まることを勧められたとき、伸子が迷いを振り切って最後にくだした結論を、百合子は、次のように書いています。

「自分のするべきことは何だろう。思いつめて、伸子は、自分は日本へ帰るべきだ、と考えるようになった。素子［＊］とつれだって伸子がそこから出て来た日本ではなく、モスクワの三年で、伸子に新しい意味をもって見られるようになって来た、その日本へ。それは佐々《さっさ》のうち［伸子の生家―不破］のものの知らない日本であった。百万人の失業者があり、権力に抵抗して根気づよくたたかっている人々の集団のある日本へ、伸子は全くの新参として帰ろうと決心した。そこで伸子の生活はどんな関係の中におかれるか、それは伸子に何にもわからない。けれども、伸子が、三年の間に何かの成長をとげたことが確実ならば、伸子にとって、これまで知らなかった日本を生きて見ようと願う思いがあるのは真実だった。……伸子は、そこをはなれる可能性を示されたとき、ひとしお深く日本の苦悩に愛着したのだった。もしかしたら自分の挫折があるかもしれないところ。もしかしたら自分がほろぼされてしまうかもしれないところ。しかし、そこに、伸子の生活の現実がある。そして、伸子が心を傾けて歌おうと欲する生活の歌がある。

伸子は、きつく両手を握りあわせながら、自分のデスクの前に立ちつくした」（第8巻四三七～四三八ページ）。

＊**素子**　百合子のソ連旅行は、ロシア文学者の湯浅芳子と一緒の旅行でした。「素子」は、その湯浅芳子の作品上の形象化です。

「伸子は帰る」（同前四五三ページ）。『道標』全編を締めくくる最後の段落にある、伸子が帰国の決意をした瞬間の情景です。日本へ帰る意味が『道標』のこの箇所、いちばん最後のページに記されています。この最後の決意を持って日本に帰った伸子の生活と活動こそ、百合子がいちばん書きたかった主題なのでした。

こうして、百合子は、三二年に、「雑沓」に始まる長編を構想し、そこに重吉とひろ子を登場させたその時点に、自分の生活地盤を踏まえ、頭脳ではなく心臓で伸子と重吉の生活と闘争を描きだす準備を整えた作者として、もどってきたのです。

その百合子にとって、これからがこの長編の本題であって、『二つの庭』と『道標』というのは、いわばこの本題を準備する序説的な意味を持っていたといっても、私は言い過ぎではないと思います。

## 『十二年』の内容を探る

長編の後半では、『春のある冬』と『十二年』の二つの部分が予定されていました。『春のある冬』とは、一九三一〜三三年、顕治と百合子がともに活動したプロレタリア文学運動の最後の時代をさしますが、「冬」とは運動への弾圧が強まる厳しい時代のこと、「春」とは、そのなかでの百合子と顕治との出会い、作品の上では伸子と重吉との出会いをさしています。

その時代を経て、いよいよ『十二年』に入ることになります。

### （一）素材――総計一三八九通の往復書簡

これから『十二年』の内容を探求する仕事を、みなさんといっしょにやってゆこうと思います。探求の角度として、素材、主題、核心、時代、方法の五つの角度をたててみました。

まず「素材」です。『十二年』の内容を探る材料はどこにあるか。私は、最大の素材は、百合子・顕治の往復書簡だと思います。

この書簡は、監獄当局の厳重な検閲のもとでやりとりされたものですから、たとえば、運動に関係があるとみられるとその部分が消されたり、手紙そのものが不許可になったりする。そういう検閲をかいくぐっての通信ですから、きわめて言葉は制限されていました。しかし二人は、二人のあいだだけで通用する独特の用語法を開発して、ほとんどあらゆる問題について自由に語り合っていました。百合子は、戦時下の日本社会の状況の変化、世情の変転をリアルに語ります。それから顕治は、政治問題や文学理論の問題、マルクス、レーニンの文献の意義、とくに最後の数年間には、日本の敗北による情勢変化の展望まで、獄外にあっても自由に語れなかったようなことを、的確な言葉で語り続けました。

この往復書簡の価値について述べた、百合子自身の言葉があります。実は、戦後すぐ、ある雑誌に手紙の一部を掲載しようとしたら、編集部から「思想性」がないという理由で断られたのです。百合子がそのことに深く感じるところがあって別の雑誌に書いた評論のなかの言葉です。

「ここに、一人の知識人――顕治のことですね（不破）――が、理性に立った社会判断の故に治安維持法にふれて、自由を奪われ、獄中生活をしている。その妻も、文学の活動について同じような困難に面しながら、心からその良人《おっと》の立場を支持し、その肉体と精神とを可能な限り健全な、柔軟性にとんだものとして護《まも》ろうとして、野蛮で、恥知らずな検閲の不自由をかいくぐりつつ話題の明るさと、ひろさと、獄外で推移しつつある世態とをさりげない家族通信の裡《うち》に映そうと努力したことは、その筆者が誰であり彼であるということをぬきにして、一見消極であるが、真の意味では積極的な日本の文化野蛮との闘いの一例であった」。

「岩ばかりの峡谷の間から、かすかに、目に立たず流れ出し、忍耐づよく時とともにその流域をひろげ、初めは日常茶飯の話題しかなかったものが、いつしか文化・文学の諸問題から世界情勢についての観測までを互に語り合う健やかな知識と情感との綯《な》い合わされた精神交流となって十二年を成長しつづけて来たという事実は、単なる誰それの愛情問題にはとどまらない。民主主義社会の黎明《れいめい》がもたらされ、抑圧の錠が明けられたとき、日本の文化人は既に十分の準備をもって新たな文化への発足をその敷居に立って用意していたか、そうでなかったかということに直接に関連して来る」（「『どう考えるか』に就て」『改造』四六年二月号、第16巻五五〜五六ページ）。

この顕治と百合子の往復書簡は、最初はその一部が『十二年の手紙』として百合子によって編集され、第一冊が五〇年に、第二冊（五一年）と第三冊（五二年）は彼女の死後に刊行されました。しかし、ここには、手紙全体の五分の一くらいしか収録されませんでした。

現在では、往復書簡の全体が読めるようになりました。顕治の手紙が四八四通。百合子の手紙が九〇五通。百合子の手紙は、新しい全集版で五冊に、顕治の手紙は、『獄中からの手紙』として上下二冊になっています。これだけの、獄中獄外を結んだ交流の記録というのは、日本ではもちろん、世界でも例がないのですね。

監獄当局の都合で配達が大幅に遅れたりしますから、おたがいのやり取りの内容にはかなりの日程的なずれがあります。その日時的な関係も確かめながら、双方の手紙をあわせて読み、この手紙はどういう反応を起こし、どう受け取られたかなどを、読み解いてゆくのは、難しいけれどもたいへん面白さがある仕事です。

そして、そこには、小説『十二年』の内容の推察を可能とする膨大で豊富な素材があることがわかります。百合子自身、手紙を作品に活用するつもりで、とくにこれは作品に使いたいと思う手紙は抜き出し、その内容を封筒に簡単な言葉で書き記すなどの作業をしていました。顕治も、手紙は『十二年』執筆の資料となるものだったと注解しています。

これがまず、『十二年』のもっとも有力な素材をなすと思います。

## （二）主題——獄の内外の伸子・重吉の交流

### どんな状況のもとでの交流だったか

「主題」は何か。主題はもちろん、顕治は獄中にいる、百合子は獄外にいる、その二人の間の交流です。

かつて、市川正一らの党幹部が検挙された三・一五、四・一六事件が一九二八、二九年にありました。このころには、獄外に共産党の組織もあり、文学文化団体もあり、獄中闘争にたいする組織的な支援もおこなわれました。しかし、宮本顕治が検挙された時代には、最後の中央委員が三五年三月に逮捕され、まとまった党組織もすでになく、文化、救援などなどの組織もなくなっていました。獄中にいる顕治の側からいうと、精神的、政治的交流の唯一の相手が百合子という状況でした。

しかも顕治は、裁判が終わったあとの獄中生活者ではないのです。宮本顕治の最終裁判は一九四四年、日本の敗戦の前の年におこなわれましたから、顕治は公判をひかえた被告として、獄中にいるのです。ですから、法廷闘争という重大な任務をになっていました。その任務をやりとげるうえでも、三・一五、四・一六の場合には獄外に有力な弁護士集団があり、労農救援会などの組織がありました。しかし、顕治の場合は、それらの活動の全部を、獄外のただ一人の援助者である百合子がになったのです。

たとえば、裁判闘争では膨大な資料が必要です。顕治の裁判というのは二度あって、最初は同じ時期に検挙された被告全部の合同裁判でした(一九三九～四〇年)。顕治は、病気を押してその裁判に出席しましたが、途中で喀血するなど病状が悪化し、法廷に出席できなくなったのです。他の被告の公判はそのまま続き、四〇年には終結して判決も確定していました。ですから、三九～四〇年の合同裁判の諸資料を読んで研究しなければ、法廷闘争を準備することができませんが、その裁判資料を含め、必要な資料は膨大なものでした。それを謄写し、顕治が読める資料として差し入れる仕事の経済的負担も、すべて百合子の肩にかかったのです。手紙には、資料の謄写費用などについての記録がありますけれども、そこに書かれているだけでも裁判資料の規模は数万枚にのぼっていました。

こういう活動で「分業」というのはあまり適切ではないかもしれませんが、百合子の方は、獄中の顕治への生活的支援が重要な任務となりましたし、顕治の方は、獄外にいて社会的な孤立を深める百合子への精神的、政治的な援助が大きな任務になりました。

こうして、獄中と獄外を結ぶ交流を一二年間続けて来た二人ですが、その時期の二人の年齢を調べてみると、その若さにあらためて驚かされます。

「十二年」の起点をなす顕治の検挙のとき(一九三三年一二月)、二人の年齢は、顕治が二五歳、百合子が三四歳でした。そして、敗戦による戦争終結のときは、顕治が三六歳、百合子が四六歳です。顕治についていえば、二〇歳代の半ばで捕まって、三〇代の半ば過ぎで出てきたわけですが、そのことを頭において二人の手紙を読んでゆくと、その交流のなかでの若い二人の成長・発展の大きさというものが、あらためてよく見えてくるのです。

さきほど、暗号めいた文章といいましたけれども、顕治の文学論にしても、顕治が入獄する前に書いた文学評論は、当時のプロレタリア文学特有の術語がたくさんちりばめられた論文で、読みやすいものではありません。しかし、獄中からの手紙は、そういう言葉がいっさい使えない世界ですから、そこに出てくる文学問題の理論や論評は、獄外で書いた顕治の文学評論よりも、まあ率直に言って、ずっと読みやすいし、面白い（笑い）。そういう印象を持ちます。

もちろん、二人の交流は坦々たるものではなく、そこには波乱に満ちた多くのドラマがありました。ここでは、主だったドラマを二つだけあげておきます。

## 顕治からの「急襲的批判」

一つは、獄の内外を結ぶ交流が始まって三年と数カ月ほどたったころのことです。

顕治が獄外にいる百合子のことをたいへん心配するのです。彼女は、作家としては相当な力をもってきていますが、革命の闘士としてはまだ未経験です。人気作家ですから、最初の頃は、ジャーナリズムからこなしきれないほどの注文を受けて、意気高く活動している。しかし、獄中の顕治の目から見ると、ジャーナリズムが百合子を買っているように見えるというのは、当面の時期だけの話で、やがてはそういう環境が悪化してくることは目に見えている。環境が厳しくなってゆくのにたいして、それに耐える力をまだ百合子はもっていない。こういうことを痛感するのです。それに耐えるには、相当な覚悟と鍛錬が必要だ。

百合子自身は大変な自信をもっているのですが、顕治から見ると非常に心配なのですね。手紙のやりとりでわかる範囲でもあちこちに気になることを感じますから、そのことを例の暗号的な言葉で知らせるのですが、手紙ではなかなか意が通じないのです。

最初の三年ほどは、面会と文通がとくにきびしく制限された時期がありましたが、その時期が終わって、三八年七月、面会も文通も以前よりは自由にできるように条件が変わりました。その時、百合子のところに、顕治から「キンシカイジョ　ケンジ」という電報が来たのです（七月二三日）。

獄中からの電報ははじめてのことで、百合子は、これでゆっくり話ができると思って、いそいそと面会にかけつけました。ところが、行ってみると、待っていたのは、まったく予期しない状況でした。

そこにあったのは、顕治がいままで言えなかったこと、百合子の活動や精神の問題点を具体的に指摘する場だったのです。このときの会話の内容は、記録されていませんから、その後の二人の手紙から推測するしかないのですが、二、三年前の、百合子もすぐには思い出せないようなことも含めて、生活と活動の全面にわたる批判だったようです。

百合子はこれに大変なショックを受けますが、必死にその内容を受け止めようとします。そして、それから五カ月たったその年の一二月、「百合子論」という、三通の手紙を書くのです［＊］。

＊　三八年一二月一五日、一二月一六日、一二月一七日の手紙（第22巻六〇〜七五ページ）。最後の手紙で、百合子は、「毎日八枚を、三時間以上ずつかけて書いた」と記しています（同前七五ページ）。

百合子は、このときのことを、一二月一五日の手紙で「急襲的な批判」（同前六二ページ）と呼んでいますが、この「急襲的批判」を自分がどう受け止めたか、そしてその角度から、自分の歴史と現在を文学と生活の両面でふりかえって、どういう問題を自覚したか、それらを、作品を書く以上の綿密さで時間をかけて書きました。

顕治の指摘には、大きくまとめて、四つの批判点がありました［＊］。

＊　前の章で見た、「雑沓」など作品そのものへの批判は、内容的には密接な関連がありますが、時間的には、「急襲的批判」に続く時期（三九年二月〜三月）のことでした。

一つは、作家風のルーズな生活ではだめだ、規律ある健康な生活を徹底せよ。夜も早く寝て、仕事での夜更かしは禁物。毎日の体温を表にして知らせる。獄中からの注文は、どうしても必要なことだから注文するわけで、それにたいしてはタイムリーにこたえよ。そういう生活上の指摘です。

二番目は、科学的社会主義の古典を勉強すること。古典を勉強しないと、時代もその展望もつかめない。古典の学習で、時代を描く力を身につけよ。

三番目は、文筆活動はジャーナリズム依存ではだめだ。ジャーナリズムからちやほやされているときは書けるけれども、それでは、ジャーナリズムの限界の範囲内でしか書けない。この枠はこれからいよいよ狭くなることは間違いない。だから、ジャーナリズムに対応しながらも、本来の仕事は、本当に自由になったときに発表できるような仕事に、今すぐの発表のことを考えないで取り組むことにある。

四番目は、権力との関係で、確固とした態度を堅持せよ。問題点として指摘されたのは、前に百合子が検挙されその公判があったときのことです。百合子自身は、のちに、公判で文学の階級性を貫けなかったことを自己批判していますが［＊］、顕治が問題にしたのは、その点ではなかったようです。公判を終えた時に、相手側が釈放後の百合子の行動に法的根拠のない注文をつけたのですね。二・二六事件の起きたあとの時期だからといって、いまはおとなしくしていて、顕治には面会しないほうがいいとかの注文でした。百合子はそれに素直にしたがってしまったのです。そのことも含めての批判でした。

＊　百合子は、一九四八年五月に執筆した「自筆年譜」でこう書いています。

「一九三六年……

六月。公判、懲役［二］年、執行猶予［四］年を言い渡された。予審と公判とを通じて私は文学の階級性を主張することができなかった」（第18巻一一〇ページ）。

百合子は、いろいろな内部的な葛藤ものりこえて、この「急襲的批判」を全面的に受け入れ、実行の努力を始めます。古典の勉強では、この批判の以前から読みはじめていたものもあるのですが、三九年までに読み切った主な古典をあげると、『空想から科学へ』、『ドイツ・イデオロギー』（岩波文庫版）、『フォイエルバッハ論』、『家族、私有財産及び国家の起源』、『反デューリング論』、『住宅問題』、『経済学批判序説』、『経済学批判』、『賃金、価格および利潤』、『資本論』など。『資本論』は第一部は読了。続いて第二部と第三部はじめの部分まで読み進んだものの、納得のゆく読み方ができなかったようで、四四年に第二部の最初からの再読に取りかかっています。

彼女の読み方が面白いのですね。文学者でなければ読めないような読み方をし、それをさっそく文学に吸収する。そして、その感想をまたすぐ獄中に送ります［＊］。

＊　古典の百合子的な読み方については、以前、「古典学習における『文学的読み方』」という文章にまとめたことがあります（『宮本百合子と十二年』所収、一九八六年、新日本出版社）。

ただ、獄中への手紙では、読んだ本の名前も、その感想も、普通の言葉では書けないのです。そこで、古典の学習を進める側も、読んで感想を述べる側も、古典に関するやり取りは全部、例の暗号ずくめの文章でした。たとえば、これが、ある古典についての百合子の感想の一節です。

「今読んでいるのはルードウィヒの哲学について書かれている批評。……ここに批評の対象とされている哲学者の堂々めぐりの生涯とその思索、及、そこから出て、やがてそれから脱け出して生長した人々の精神活動の過程、ぬけ出して成長した人々の遺産を更に細君と狩猟などもした三年間の雪国での勉強で具体的に明確にした人の功績。こういう道を眺めると、いろいろ感想が深からざるを得ない」（三八年一〇月二八日の手紙　第21巻四八九〜四九〇ページ）

ちょっとわからないでしょう（笑い）。「今読んでいるのはルードウィヒの哲学について書かれている批評」というのは、エンゲルスの『フォイエルバッハ論』のこと。フォイエルバッハの名がルードウィヒでした。「フォイエルバッハ」と書くと、監獄当局でもわかるかもしれないが、「ルードウィヒ」だとわからないんですね。「そこから出て、やがてそれから脱け出して生長した人々」というのは、マルクス、エンゲルスのこと（笑い）。その「遺産を更に細君と狩猟などもした三年間の雪国での勉強で具体的に明確にした人」というのはレーニンのことで（笑い）、「雪国」というのはレーニンが追放されたシベリアのことです。こういう調子で、自分が何を勉強したかを書くと、顕治からはまた暗号でいろいろ来る。

顕治の批判を受けて、百合子がそれをどう受けとったか、その自分の気持ちの表現もなかなか面白いのですよ。

「丈夫な樫《かし》の木のように、歴史の年輪を重ねて、真の健全性のうちに歴史的な主語を高めるということは、嵐《あらし》のような精神史の一部です。羽音の荒い飛翔《ひしょう》です」（三九年一月二九日の手紙　第22巻一四〇ページ)。

要するに、自分のことを「歴史的主語」——弱点があってもそれをのりこえて歴史的に発展する人間としてとらえ、その歴史を高める批判を受けた、それは自分の「嵐のような精神史」の一部だという。「歴史的主語」という言葉はこれからも出てくるのですが、そういう形で自分が顕治の批判をどう受け止めたかを語るのです。

こういう調子ですから、一三八九通の往復書簡のなかには、相当な内容が含まれているわけです。

## 治安維持法という「鉄条網」に囲まれて

その五年後に、もう一つのドラマがありました。もっと時代が深刻になってきた時代です。百合子はこの時代とそこで起きたドラマを、戦後執筆した『風知草』(『文芸春秋』四六年九月、一〇月、一一月号に連載)という小説のなかで書きました。

そこでは、主人公(ここではひろ子)をめぐる一変した時代状況が、次のように描写されています。「作品の発表を『禁止されるような作家』と、そうでない作家との間には、治安維持法という鉄条網のはられた、うちこえがたい空虚地帯が出来ていた。更に、一方には中国、満州と前線を活躍する作家たちの気分と経済のインフレーション活況があって——実体的な中身のない活気ということでしょう(不破)——ひろ子の立場は、まるで孤独な河岸の石垣が、自分を洗って流れ走ってゆく膨《ふくら》んだ水の圧力に堪えているような状態だった」（第6巻一九一ページ）。

そういう気分になった百合子を襲ったドラマというのは、四三年に起きたことでした。太平洋戦争開戦直後に検挙された百合子が熱射病で拘置所から出てきたのが四二年七月、その翌年ですから、太平洋戦争の真っ最中で、百合子の健康もまだ回復途上でした。

以前から百合子が参加していた文芸家協会という文学界の組織も、「文学報国会」という戦争推進団体に変わってしまう。もちろん、百合子にはどこからも文章を書く注文など来ない。プロレタリア文学時代の親しい友人たちとのつながりもほとんど途絶えてしまう。

孤立感のひときわ強まったそういう時期に、文学報国会から、自選作品集への参加の要請があったのです。文章を新しく書けというのではない、有力な作家の作品集だから、これまでに発表した文章から自分で選んで、気に入った作品を出してくれとの注文でした。

鉄条網に囲まれた気持ちでいた百合子でした。そこへ、ともかく自分の文章を発表できる場所が出てきたのです。

これをうれしい環境変化とうけとった百合子は、過去の文章を改作した「今朝《けさ》の雪」という作品［＊］を選び、「満更わるくもないニュースがあるの」と書いて、そのことを顕治に知らせました（四三年六月一〇日の手紙　第24巻　四三四ページ）。すると、顕治からはすぐ返事が来ました。「小説のことは大分気に入って居るようだが、止めたがいいね。渡してあるなら返して貰って。大体そんな編輯所には何の因縁もない筈のものなのだから」（同六月一四日の手紙　下二三八ページ）。

＊「今朝の雪」『婦人朝日』四一年四月号に掲載した「雪の後」を改作改題したものでした。

それを受けた百合子は、なお頑張ります。顕治は獄外の事情をよく知らないのだという調子で、「お手紙を頂いて、なお考えたのですが実際上のこととして、やっぱりあなたも承知していて頂かなくてはならないのだろうと思われます。……私のようなむつかしい立場のものが、……それからはなれてしまうことは、これから最小限の仕事してゆくためにも不便だと思います。……予想するより困難な影響を生じます」と書きました（同六月一九日の手紙　第24巻四四八～四四九ページ）。

これにたいして、顕治が痛烈な手紙を書くのです。

「小説のこと。根本は、背理低俗な看板を出した文学的潮流――文学報国会と書いたらひっかかりますから、それを『背理低俗な看板を出した文学的潮流』、こう書けば百合子には文学報国会のことだとわかるんですね（不破）――に縁を持たないことにあると思う。……作家、人間としての節操のために、或時期孤独の道に立つことはあっても、それは生涯に一つの光栄をそえるものだ。それに反して、切角のまともな文学的人間的努力が、困苦の終末期――困難で苦しい時期はもう終末に向かっているというのです（不破）――に俗化することで汚点を持つことになるのは残念のことだね。屈伸性ある航海法は大切だが、舵《かじ》の方向にも限度があって行先違いの便船に乗っても一向進んだことにはならない道理だ」（同六月二五日の手紙　下二四一ページ）。

この手紙を受けて、百合子ははじめて事態の本質をさとりました。

「あなたは余りはっきりして何とも二の句のつげない比喩《ひゆ》でものをおっしゃるから、私もあっさり兜《かぶと》をぬがざるを得ません。私のような粗忽《そこつ》なものでも、行先違いの便船にのっても一向進んだことにはならない道理だと云われて、イヤそうでもないかもしれない。うまく漂流するかもしれなくてよ、とは申しかねます」（同六月二七日の手紙　第24巻四五九ページ）。

兜を脱いだという百合子の手紙がまだ届かないうちに、顕治は、念押しを兼ねて百合子の決断を激励する手紙を書きました。

「小説のこと。インチキな看板を出して居る文学的雰囲気に縁を持つことが正しいとする理由付は、何処《どこ》にもあり得ないことだね。作家の主観的意図如何《いかん》に拘らず、客観的に歴史の進展に対して負数的意味しかない雰囲気にくっついて居れば、その人の存在もプラスのものとはなり得ない道理だ。……良心的に生きるために一見孤独が避け難いときには、いさぎよくその孤独を受け入れることが真の文学者だろう。そんな孤独は天地の公道に基づくもので、実は少しも孤立ではないのだから。自分と歴史の真の未来を見透し得るものは、焦らず寂しがらず真の良識ある読者のために力作を、こう云うときにコツコツ書きためて行くのではあるまいか」（同六月二八日の手紙　下二四二ページ）。

百合子はその後、文学報国会の申し入れを断り、渡した原稿を返してもらうことに、たいした摩擦なしに成功したようです。

『風知草』では、このドラマは、文学報国会への加入問題に脚色して書かれています。一見小さい問題に見えたこの事件が、実は、百合子の「十二年」を、一点の「汚点」もない光栄ある歴史とするかどうかのかかる深刻な意味をもっていたわけで、それが、まさに危機一髪のところで、獄中からの援助で食い止められたのでした。

なお、百合子がこういう寂しい気持ちになった背景の一つには、窪川稲子、のちの佐多稲子との関係の問題がありました。彼女とは、「十二年」の最初の時期には、本当に姉妹のような同志的関係で、「非常に密接な、血肉的な生活の時期と結びついている」間柄［＊］だったのですが、四〇年ごろから時流に屈して、朝鮮や満州に出かけたり、太平洋戦争中には、軍当局から、中国や南方戦線の戦地慰問に派遣されたりします。その時期には、百合子との関係も途絶えました。

＊　四三年一一月二五日の手紙での百合子の表現（第25巻八六ページ）。

このことは、百合子に、治安維持法という「鉄条網」の重さをもっとも実感させたきわだった事例の一つだったようで、『十二年』執筆の材料として抜き出された手紙の中にも、「稲子とのことについて」と上書きされたものが、いくつも残されています。

## （三）核心——重吉の公判闘争

### 重吉の公判闘争の特別の意義

小説『十二年』の主題が、顕治と百合子、作品の上では重吉と伸子の交流にあることは、いま見てきた通りですが、この主題には、注目すべき「核心」がありました。それが、一九四四年におこなわれた顕治の公判闘争だったのです。

百合子自身も、最初はその意味に気付かなかったようで、それをはっきりと自覚したのは、四四年の顕治の公判闘争を、終始傍聴するなかででした。

ここでまず、顕治の公判闘争の内容と意義について説明しておきます。

それは、一九三一～三二年におこなわれた市川正一ら三・一五事件（二八年）、四・一六事件（二九年）の被告たちの公判闘争とは、まったく性格が違っていました。市川らの公判闘争は、治安維持法にてらして共産主義運動の是非を問う裁判ですから、被告の側も、公開の法廷で日本共産党について語れる舞台がはじめて出来た、それを活用して全面的に日本共産党を明らかにしようという構えで、互いに分担して、いわば日本共産党の多面的な紹介の陳述をしました。市川正一が担当したのが日本共産党の歴史で、法廷で党史をたんたんと語るわけです。その内容が『日本共産党闘争小史』としてまとめられ、いまでも読まれています。こういう法廷闘争で、これはこれで堂々としたものでした。

顕治の場合は違いました。共産主義運動の是非という基本問題に加えて、新たな重大な任務がありました。日本の支配勢力が、三〇年代に入って、日本共産党を、ただ共産主義運動だから悪い、治安維持法にてらして悪いというだけではなく、社会道義に背を向けた犯罪者集団として告発し、日本共産党に絶滅的打撃を与えようという卑劣な謀略をめぐらしはじめたのです。

党内にスパイを送り込むやり方は以前からありましたが、それまでは、共産党の組織を暴き、幹部や党員の逮捕の手引きをさせるのが、スパイの主要な任務でした。ところが三〇年代になると、スパイを共産党指導部に入り込ませ、その命令で反社会的な行為を党員にやらせ、それを摘発して犯罪集団だという告発の材料にする、そこまでスパイ政策を〃進化〃させてきたのです。

このスパイたちが最初に起こしたのが、三一年の銀行襲撃事件でした。これは、いまでは〃スパイ松村〃として知られる人物ですが、それが党の指導部に入り込み、党の資金関係の責任者になって、命令して銀行ギャング事件をやらせました。警察側の筋書きでのことですから、実行者はすぐ捕まり、あの事件は共産党の仕業だと大々的に宣伝される。続く時期に小林多喜二や野呂栄太郎が検挙されたのも、スパイの手引きでした。

宮本顕治が指導部に入った時期（三三年五月）に、スパイとの闘争を本格的にやらなければならないということを確認して、とくに、野呂栄太郎逮捕の状況を調べると、指導部のなかに非常に怪しい人物が二人いることが問題になった。それが、大泉、小畑《おばた》という二人の人物でした。そこで、査問の会議を開くことが決まり、調べをすすめると決定的な証拠が出てきました。野呂栄太郎が捕まったときに、大泉の家に、「ニモツツイタ」という電報が来たことがわかったのです。非合法で地下活動している人の住居に、外から電報が来るということは絶対にありえないことですから。そして、「ニモツツイタ」という電報は、「野呂を捕まえた」ということの警察からの連絡電報だったのです。その事実が出てきて、大泉はスパイだったことを白状する。やがて小畑も白状する。これで査問は終わりなのです。あとは、二人を党から除名し、そのことを発表して、追放する。同じ人物が二度とスパイ活動をすることはできなくなるわけですから、そこでことは終わりになるはずでした。

そこまで進んだところで一休みとなり、みなが休んでいる隙に、小畑というスパイが急に暴れ壁を破って逃げ出そうとした。それを押さえようとするもみ合いの中で、小畑が心臓発作を起こしたのです。その時、顕治が、柔道の心得があるので、活を入れるなど蘇生の努力をしたが、ダメだった。こういう事件が起きました。

間もなく、この会合に参加した指導部の大部分が逮捕されるのですが、小畑急死の事実を知った特高警察は、これを「リンチ殺人事件」にでっちあげるのです。その筋書きは、〝共産党指導部のなかに指導権争いがあって、反対派をリンチで殺した〟というもので、それを大宣伝しました。銀行ギャング事件に続く第二の謀略作戦でした。

宮本顕治の公判闘争には、この謀略を打ち破るという任務が課せられたのです。これは、三・一五事件などの公判の時にはなかった、しかしきわめて重大な任務でした。その重大性は、事件が起きてから四一年後、七〇年代に共産党が躍進したときに、この事件を使って、反動派が日本共産党攻撃をくわだてたことにも示されました。春日一幸《いっこう》という民社党の委員長が、この事件をとりあげて、日本共産党告発をやった（一九七六年）。特高警察の謀略の後継者となったわけですが、顕治が公判闘争で立ち向かったのは、まさにこの謀略そのものでした。

## 四四年公判にかけられた歴史的任務

顕治の公判は、四四年六月～一二月におこなわれました。これは、日本共産党が反社会的な犯罪集団だという特高の謀略的シナリオの横行を後世まで許すか、それともそれに止めを刺すか、そのことがかかった大闘争でした。しかも、これには特別な困難が加わっていました。

この問題での公判は、さきほども簡単にふれたように、顕治以外の被告についてはすでに済んでいました。そして、顕治以外の被告たちは、裁判が始まる以前の予審［＊1］の段階で、大部分が共産党の運動から脱落する意思を表明し、予審判事から特高警察がつくったシナリオにそった誘導尋問を受け、ほとんどの被告がそのシナリオを肯定したり、あるいはその裏付けになる陳述をしてしまっていたのです［＊2］。それを固めた上での公判ですから、どの被告も「リンチ殺人」という告発とまともに闘うことなどできず、逆に公判での被告たちの証言がすべて特高警察のシナリオの傍証となる、こういう裁判のなりゆきでした。そして、この裁判では、「殺人罪」を含めて有罪という判決が下されたのです。

＊1 **予審** 旧刑事訴訟法（一九二二年）で決められていた制度で、事件を公判に付すべきかどうかを決定する手続き。非公開でおこなわれる上、そこでの取り調べの内容がそのまま公判の証拠とされるなど、人権無視を特徴とする制度でした。戦後、現行憲法の採択とともに廃止されました。

＊2 被告のうち、袴田里見《さとみ》だけは、共産党からの脱落を表明せず、「非転向」の立場をとりましたが、予審では〝黙秘〟の態度をとらず、特高警察のシナリオの補強に役立つ一連の〝証言〟をしました（なお、当時は黙秘という言葉はありませんでした）。

宮本顕治は、病気で途中から公判不参加となったため、四四年にあらためて分離裁判をやるということになりました。この裁判で勝つためには、特高警察のシナリオの捏造《ねつぞう》ぶりを暴露するだけでは足りないのです。その傍証に使われた、他の被告たちの陳述についても、その誤りを全部証明しないと、勝利は得られない、こういうきわめて困難だが重大な任務が、四四年の顕治の公判闘争にはかけられていました。

公判前の黙秘の問題については、小林多喜二の小説『党生活者』の中に、この裁判闘争にもかかわる歴史事実の紹介があります。

「ヒゲ」が逮捕された。その「ヒゲ」から次のようなレポが送られてきた。——自分は「白紙の調書」を作る積りであること、私は一切のことを「知らない」という言葉だけで押し通していること。

「そこで、私達は、『一平凡人として』敵の訊問に対しては一言も答えないということを、こゝの細胞会議の決議として実行することにした。更にこの決議は此処だけに止めず上層機関に報告し、それを党全体の決議とするように持って行くことにした」(『小林多喜二全集』第四巻　新日本出版社　三九〇～三九一ページ)。

小説の中の一情景として書かれていますが、それには事実の裏付けがありました。「ヒゲ」とは、蔵原惟人《くらはらこれひと》のこと。そして、黙秘の決議をした「細胞会議」に参加したのは三人で、小林多喜二と宮本顕治、あとの一人は杉本良吉《りょうきち》という、後でソ連に脱出しようとしてソ連で捕まって殺された人物でした。それで、宮本顕治が党の指導部に入ったときに、この方針を党の中央委員会の決定としたのでした。

これに先立って、三三年二月に検挙された小林多喜二は、いかなる拷問にも屈せずにかたく沈黙を守って虐殺されました。

ところが、党中央のさきの決定に参加した党の指導部のなかで、宮本顕治以外の人物は、全員がこの決定をやぶって予審での尋問に応じ、いいなりの調書をつくってしまったから、いざ公判になっても、特高警察のシナリオに対して反論することができなかったのです。

そのなかで、どんなに拷問されても一言も答えないで、自分の名前も言わなかったのは、宮本顕治ただ一人でした。そのことが、四四年裁判と、三九～四〇年裁判との決定的な性格の違いとなりました。

## 顕治はその任務をみごとにやりとげた

こういう経過で、四四年の裁判は、特高警察がつくった「リンチ殺人事件」という謀略を打ち破って、歴史に真実を記録させる最後の機会になりました。顕治はその覚悟で公判に臨み、みごとにその任務を果たしたのです。

四四年六月から一二月まで一六回、約半年にわたって公判がおこなわれました。そこで、日本共産党の闘争の日本社会における意義、スパイとの闘争、この闘争では、最高の処分は除名であってそれ以上のものはないという党の原則的な決定があること、それから特高警察の主張はもちろん、前の裁判で証拠とされたいろんな被告たちの証言も、まったく事実に反するものであること、顕治は、これらのすべてを、一五回の陳述のなかで証明したのです［＊］。

＊　顕治は、銀行ギャング事件についても、この法廷で、それをスパイの謀略として告発しました（『宮本顕治公判記録』一六三ページ、一九七六年、新日本出版社）。

そして、最終陳述では、顕治は、自分たちの活動の意義について、つぎのような結論的な言明をしました。

「結局、我々の根本目的は、人類社会の進歩向上、その幸福を期するにある故に、弾圧に対し健闘するこそ、人類社会の幸福をきたす所以であると思う。

私は、我々同志が、日本人民の幸福のためあらゆる困難に逢着しつつも健闘して来たことが認めらるる時代の来ることを、確信して疑わない」

「社会進化と人類的正義に立脚する歴史の法廷は、我々がかくのごとく迫害され罰せらるべきものではなかったこと、いわんや事実上生命刑［*］にひとしい長期投獄によって加罰されることは大きな過誤であったということを立証するであろうと信ずる」（『宮本顕治公判記録』二九一〜二九二ページ）。

＊ **生命刑** 生命を奪う刑、つまり死刑のこと。顕治はここで、判決までの一〇年間の投獄に加え、さらに無期あるいは長期の刑を科すことが、事実上、死刑に等しい意味をもつことを指摘したのです。

最後に、一二月五日、第一六回の法廷で判決がくだされることになりましたが、裁判長も、前の裁判で押しつけた「殺人」という罪を、今度の裁判では、落とさざるをえなくなりました。それで、治安維持法違反その他を理由にして有罪判決を下し、無期懲役刑を言い渡したものの、この裁判の本来の最大の目的だった特高警察の謀略の実証という企ては、完全に打ち破られたのでした。

顕治は、きわめて困難な条件のもとで、特高警察の謀略を打ち破るという任務をみごとに果たしました。

戦後も、反動派は、この判決の有効性をめぐって抵抗をおこないましたが、顕治はそれとのたたかいも続け、一九四七年五月、東京地方検察庁が、この裁判そのものについて「将来に向かってその刑の言い渡しを受けざりしものとみなす」、あの裁判はなかったものなんだという決定をくだし、それで勝利を完全なものにしたのでした[＊]。

**＊　荒縄でくくられた「公判記録」**　私が、顕治の「公判記録」と初めて対面したのは、一九七二年三月のことで、本当に偶然の出合いでした。

当時、杉並区高井戸に住んでいた宮本顕治さんが環状八号線の道路建設の関係で多摩市への移転を余議なくされ、引っ越し作業中に多摩市の新居を訪ねたことがあったのです。地下室に書庫を作ったと聞いて、様子を見に行ったら、書棚にはまだ本は入っていませんでしたが、書棚の一角に荒縄でくくった書類の包みが無造作に置かれていました。なんだろうかと思って縄を切って包みを開いてみると、なんと戦前の裁判記録の束で、三・一五事件等の予審記録とともに、宮本顕治の「公判記録」が出てきました。

この年は、日本共産党創立五〇周年の記念の年で、私は『五〇年党史』の執筆にかかっている最中でしたから、拝借して家に持ち帰り、謄写刷りの読みにくい「公判記録」を苦労して読んでみると、その内容はすごいものでした。一通り目を通し、最終陳述の結論的な部分を『党史』に引用することにしましたが、これは出来るだけ早く全文を読みやすい形に復元する必要があると思い、記録を宮本さんに返却する時に、清書方の提案をしたのです。

その時には、この問題が反共攻撃との対決の中心問題になることなど、まったく予想していなかったのですが、二年後に、春日一幸衆院議員（民社党委員長）と反共ジャーナリズムが共同戦線をはって、戦前の特高警察の謀略を蒸し返した反共攻撃を開始しました。

私たちは、ただちに全面的な反撃にたち、この攻撃を完全に打ち破りましたが、この闘争では、清書ずみの「公判記録」が、ことの真実を明らかにする上で、決定的な威力を発揮したのでした。

## 百合子はこの公判から何を得たか

この公判に終始参加し、顕治の弁論を傍聴したことは、百合子に絶大な影響をあたえました。

まず**第一**は、彼女が、自分がこの一二年間、顕治の闘争を援助してきたことの核心的な意義がここにあったのだ、そのことをはじめて知ったという問題です。

百合子は前の三九～四〇年の裁判も傍聴していましたが、そこでの顕治の陳述は、初めの部分だけで中断しました。だから、三三年に起こった事件についても、これまで全面的な真相は知らないままできたのです。その百合子が、ことの真相のすべてを知って、獄の内外を結んでの私たち二人の活動は、まさにこの闘争のためにあったのだと言ってもよい、そういう意義をもっていたことを、強く感じるのですね。

それは、構想している長編に即して言えば、『十二年』の主題の核心がまさにここにあったという発見でした。

二回目の公判（六月二四日）を傍聴したあとで書いた手紙で、百合子はこのことについて語っています。獄中への手紙ですから、公判に関連した言葉は一言も使わず、いかにも文学一般について述べているような調子の文章ですが、そこで語られているのは、『十二年』という主題（テーマ）の「核心」をつかんだ感動そのものだと、私は読みました。

「テーマのない小説というものはないでしょう（かりにも小説と云えるものであるなら）テーマはいつも核をもっています。其《それ》こそ大事で、万事のうちにテーマとその核とを把握するということ、直感的に把握するということ、更に其を科学的探究で整理し、核がもつ本質を明瞭《めいりよう》にしてゆこうとする情熱をもっていること、これは芸術的と云うべきなのね。……

自分の人生が要約されてあることに歓喜を覚えます。仕事と妻の心と、主流は綯《な》い合《あ》わされた只《ただ》一筋のそれだけだというところは何と愉快でしょうね。……現代史の波瀾重畳《はらんちようじよう》の間で、よく要約された人生の道具をもって生きられるとしたらそれこそ人間万歳です。

その至宝のような単純さ、明瞭《めいりよう》さの殆《ほとん》ど古典的な美しさの中に、鏤《ちり》ばめられて燦《きらめ》く明月の詩や泉の二重唱の雄渾《ゆうこん》なリズムは、どう云ったら、それを語りつくしたい自分が堪能するでしょう。こういうおどろくべき単純さと複雑さとの調和が、可能なのが、何かの意味で日本的だというのならば、日本の世界的な水準というものも納得されるようです」（四四年七月五日の手紙　第25巻二二五〜二二六ページ）。

百合子はそれまで、長編の構想についていろいろ語ってきましたが、顕治が逮捕されて以後の獄中生活の時期（『十二年』）をどう書くかについては、手紙でも、具体的に書いたことがほとんどなかったのです。構想がなかなかまとまらなかったのだと思います。それが、この時点で、いま目の前で展開されつつある法廷闘争こそ、この部分の核心をなすものであり、長編全体にとっても、核心的な位置を占めることを実感したのではないでしょうか。

戦後の話になりますが、百合子が『二つの庭』と『道標』を書いた時に、百合子の小説には「階級性がない」ということが問題になったことがありました。四九年六月に党の文化関係の会議があり、そこで徳田球一《きゅういち》書記長自身がそういう批判をしたのでした。あとで批判の内容を聞いた百合子は、七月二日、批判にこたえる「意見書」を書記長はじめ関係者［＊］に提出し、そのなかで、長編の後半部分を次のように説明しました。

「主人公は、まだ階級的に目ざめつつある過程が描かれているのですから、まだ共産主義者として行動していないのは小説として当然のなりゆきで、その点をもって小説全体に階級性がないということは当っていません。

長篇の今後の展開の中で主人公は共産主義者として行動し、そこには過去十数年間日本の人民の蒙った抑圧と戦争への狩り立て、党内スパイの挑発事件、公判闘争なども描かれます。このような作品は、日本の労働者階級の文学に新しい局面をひらいているということはたしかだと思います」（「文学について」　第18巻三八〇～三八一ページ）。

＊　この意見書は、四九年七月二日に、日本共産党の徳田球一書記長、党文化部及び新日本文学会の党グループに提出されました。

ここに述べられている『十二年』の構想は、公判闘争の傍聴を通じておのずから定まっていったものだと、思います。

**第二**は、百合子自身にとって顕治の存在がもつ意味の再発見です。手紙でもいろいろ表現していますが、公判の感想は手紙では十分には書けないので、百合子は毎回の「日記」に詳細な感想を書きつけています。

次の文章は、第一〇回の公判（一〇月二四日）を傍聴した時の「日記」ですが、代表的なものと言ってよいでしょう。

「この公判が、法廷で行われ、自分が聴くことの出来たということには、計り知れぬ意味がある。自分は、この数ヵ月で、本当にこれまで停頓《ていとん》していたところから実質的に一つの進歩成長をとげることが出来た、その位うけた感銘は深く、学ぶところ多い。人間としての情操、理解においても一深化した、そして妻としては、一層一層宮本の本質にとけ合わされてゆく歓喜を感じた。私たちは、というより、自分はこうして一段と彼の妻となった。こういう深化の過程を考えると、その価値の高さにおどろくばかりである。宮本が妻として、一きわ自分を近く一致させたその根底の大さ、ふかさ。自分のこころには全く非個人的な歓賞があり、そのために比類なく結ばれ、それ故こその感情が一層非個人的高揚を経験するところは、微妙至極《しごく》である。相当な人物が、わが身を惜しむ心をはなれてしまう動機というものは、こういうところにあるものと思う。この恋着の晴れやかさ。この恋着の大義に立つ大やかさ」（第29巻三二四ページ）。

**第三**は、リアリズムの真髄に迫ったという感動です。

百合子は、構想中の長編小説のためにも、それにふさわしいリアリズムの探究に力を尽くしてきましたが、法廷での顕治の陳述は、この問題でも、百合子に無限の教訓を与えるものとなったのでした。ここでも、『日記』から、そのことについて語った二つの文章を紹介しておきましょう。

まず、第四回公判（九月二日）で、当時の党内情勢と査問の経過についての陳述を聞いた日の感想です。

「極めて強烈な印象を与える弁論であった。詳細に亘《わた》る弁論の精密適切な整理構成。あくまで客観的事実に立ってそれを明瞭にしてゆく態度。一語の形容詞なく、『自分としての説明』も加えず。胸もすく堂々さであった。

十年前の英雄たち［＊］の概論風の華やかさ、入門的雄弁の力と、この緊密な理論的追求と実行力とは切に世代の進展を思わせる。日本の水準の世界的レベルを感じ、リアリズムというものの究極の美と善（正直さ）を感じる。深く深く感動した」（同三二〇〜三二一ページ）。

＊**十年前の英雄たち**　市川正一ら三・一五事件、四・一六事件の被告たちのこと（公判は一九三一年六月〜三二年一〇月）。

続いて、第五回公判（九月一四日）、前裁判での「各被告の陳述内容の検討」第一日の顕治の発言を聞いての感想です。

「品位にみちた雄弁というものが、いかに客観的具体性に立つものかを痛切に学ぶ。彼は、一つも自分のためには弁明しない。只《ただ》事実を極めて的確に証明してゆく。こうして、私は、事実はいかに語らるべきものか、ということについて、ねぶみの出来ない貴重な教育をうけつつある。ああ自分もああいう風に語れたら。……

所謂《いわゆる》ベア［ありのまま］、ファクト［事実］というものは、通常ベア、赤裸と思われている。しかし、ファクトが精神のリズムに貫かれているとき、其《それ》はそのものとして完璧《かんぺき》の脈動にうっている」（同三二一三ページ）。

「ああ自分もああいう風に語れたら」の言葉には、前の文章の「リアリズムというものの究極の美と善（正直さ）」という言葉とともに、この法廷から、自分の文学の方法をどん欲に学びとろうとする百合子の強烈な意欲が表現されているようです。

この点でも、公判闘争を傍聴したことは、百合子の文学に新しい大きな力を与えるものとなったのでした。

## （四）時代――戦時下の日本社会の変転

### 社会全体を視野に入れて

次に、この『十二年』の主題に関係して、百合子が、重吉と伸子の交流をそれだけではとらえない、重吉の獄中闘争もそれだけの孤立したものとしてはとらえない、やはり、戦時下の日本の時代の中で、社会全体を視野に入れた中で、その核心と位置付けの中で描く、そういう準備をしたことに注目したいと思います。

日本社会の変転を視野に入れた規模でその時代を描くということは、公判闘争に集中的に表現された進歩と反動、反戦平和と侵略戦争との対決も、その時代の焦点として位置づけられるべきものでした。

あとで百合子は、自分が戦争時のことをメモしていなかったことを残念がるのですが、実はこの問題でも、百合子の手紙そのものが、日本社会で何が起こっているかということを刻々と知らせるという内容をもっていました。

それから、百合子は、一二年のあいだに、顕治の田舎である山口県島田（現在は光市）に、顕治の妻として何遍も帰り、野原《のはら》など近隣の村もたずねます。〝帰郷〟先からの手紙には、そこでみる戦時下の農村の様相が実に克明に記録されています。

百合子は、顕治への手紙で、「私のライフワークというものはどうしたって野原や島田の生活風景が自然とともに入らざるを得まいと思うのです」と訴えたことがありました（三九年一一月一五日の手紙　第23巻一九ページ）。顕治からはすぐ、「作品と島田のこと、勿論《もちろん》、芸術家としての必然として登場して来る場面を拒むには当らないと思う。作者が、大乗的な誠意と愛をもって居る限り、書かれたものの現世的作用についても心配はいらないと思う」と、積極的に肯定する手紙が返ってきました（同一一月二五日の手紙　上二九〇ページ）。百合子はおそらく、重吉の故郷という形で、ごく自然に戦時下の日本の農村の変化を描き込もうとしたのだと思います。

百合子は、それにとどまらず、戦時中、日本社会をその全体を視野に入れてとらえる努力をしていました。そのことの実証として紹介しておきたいのは、（一冊のパンフレットを手にもって）百合子が戦争終結の翌年四月、日本の女性たちのために執筆・刊行したこのパンフレット『私たちの建設』（実業之日本社）です。

百合子は、そのなかで、女性の酋長《しゅうちょう》がいた時代［＊］から書き起こし、「封建の世界」、「明治開化の明暗」と日本の歴史のなかで女性がどういう目にあってきたかを描き、続く「戦争の犠牲」の章では、あの戦争がどうして起こり、なぜ負けたのかを、多くの人々の疑問に答える形で解明したあと、戦時下に日本の女性がこうむってきた苦難を、本当に生々しく語るのです。ややこしい統計などはほとんど使わないで、当の女性たち自身が、なるほど私たちが経験した苦難はこういう意味を持っていたのか、こういうなりゆきだったのかということを、誰もが腑に落ちるような筆づかいで、都会の状況、工場の状況、農村の状況、出征家族の家の状況、それらを本当にリアルに描きだすのです。私は今度これをあらためて読みかえして、ああ百合子が『十二年』では、戦時の日本社会をこういうように書くつもりだったんだな、そういう思いを深くしたものでした。

＊ **女性の酋長がいた時代**　百合子は、そこで、日本の石器時代の氏族社会は、男性も女性も平等の権利をもっていた社会で、女性の酋長も多くおり、神話に出てくる「天照大神《あまてらすおおみかみ》」はそのことの反映だという解釈を示しています。

## 「天気晴朗の日」に備えよう

それから、『十二年』の時代論には、近づきつつある転換の日への展望が必ず入ってきたはずです。公判闘争に先立つころから、顕治は百合子にたいして、敗戦の決定的な時期が近づきつつあるという時代のなりゆきについて、明確な見通しをもって語るようになります。さきほど紹介した文学報国会の問題で百合子をたしなめた手紙にも、「困苦の終末期」と書きました。「困苦」の時代はいよいよ「終末期」を迎えつつある、という予告です。それが四三年六月でした。

四四年六月には、公判のただ中でしたが、東西の戦局観を述べた上で、「いずれにしても、ここ一、二年は様々な変った経験に面することになろう」と、転換の時期を明確にした展望が書き送られてきました（四四年六月三〇日の手紙　下三〇四ページ）。

公判が終結した一二月には、翌四五年を展望して、「『歴史の淘汰』が古きものと新しきもの、善きものと悪しきものとを裁断《たちき》る規模と的確さは未曽有の景観を示すことだろう」と、この年が日本の敗戦の年となるという見通しを大胆に提起します（四四年一二月一九日の手紙　下三二六ページ）。

年末が迫る中、続いて送られてきたのは、来るべき転換の日、「天気晴朗の日」を「所産多い人」として迎えるように、という、百合子への激励の訴えでした。

「漂流でなく、確乎とした羅針盤による航海者として、波瀾少くない今日を見ることは、何といっても甲斐ある生活だ。更に美事な結実を与える年で来年があるように、そしてブランカも丈夫でよく勉強もし、天気晴朗の日に所産多い一人として在り得るように――それらを新しい年の歩みへかけて希《ねが》うことにしよう」（四四年一二月二六日の手紙　下三二八ページ）。

ここで出てくる「漂流」云々は、明らかに前年の文学報国会問題での二人のやりとりを受けた言葉でした。ブランカとは、シートン『動物記』の狼王ロボーの話に出てくる牝狼の名前で、これも、四三年の「文学報国会」事件の決着の頃から、二人のあいだで使われ出した百合子の愛称です［＊］。

＊　**ブランカ**　「兜を脱がざるを得ません」と書いた手紙の後半部分で、百合子自身が、この話を紹介し、「ユリがこの話を非常によく心に刻まれているわけもそこのモラルもお察し下さい」という言葉で結んだのでした（四三年六月二七日の手紙　第24巻四六二〜四六三ページ）。

こういうことを語り合いつつ、顕治と百合子は、顕治の網走刑務所ゆき（四五年六月）をはじめ、現実生活ではいちだんと深刻な苦難を経験しながら、日本全体が大変な絶望的な状況に置かれつつあった一九四五年を、確固とした意志と展望をもって迎え、来るべき「天気晴朗の日」に備えて生き抜いたのでした。

民主主義的転換へのそういう準備をもって、迫ってくる八月一五日を迎えたという夫婦は、二人のほかにはほとんどいなかったのではないでしょうか。

そう思われるようなやりとりが、往復書簡の全体に記録されています。そして、このことが、『十二年』の時代論の重要な側面となったことも、間違いないことだと思います。

## （五）方法――新しいリアリズムの探究

### 方法論をめぐる顕治・百合子の対話

『十二年』を考える最後の問題は、この長編をどのような方法で書くかということです。ここに、百合子が多年の苦労を重ねた重要な研究問題がありました。

さきほどこの長編構想の発展過程について、〝私小説から生まれた私〟が、自分の成長をたどりながら「『伸子』以後を書く」という結論にいたったことをふりかえりました。これを書く手法は、当然、リアリズムの方法になりますが、「『伸子』以後を書く」には、ありきたりのリアリズムでは間に合わず、どうしても新しい方法論が求められます。

百合子と顕治の往復書簡のなかでは、文学の方法論をめぐる意見交換が多いのですが、なかでも大きな部分を占めるのは、やはりリアリズム論の探究をめぐる問題でした。

文学史の上でリアリズムを代表する作家としてよくあげられるのは、バルザックですが、百合子は、バルザックを最初は敬遠していました。それは、プロレタリア文学の解体の時期に、弾圧に屈してその戦線から脱落した弱気の文学者たちが、エンゲルスのバルザック論［＊］を自分たちの退却を合理化する口実に使った、という事情がありました。

**＊　エンゲルスのバルザック論**　エンゲルスは、イギリスの女流作家ハークネスにあてた手紙（一八八八年四月初め）で、バルザックは「政治上は正統王朝派」だったが、その「偉大な作品」は、「上流社会の二度ともどることのない凋落に関する一貫した挽歌」だったとし、そのことを「リアリズムの最大の勝利」と呼びました（古典選書『マルクス、エンゲルス書簡選集・下』六五〜六六ページ）。脱落派は、エンゲルスのこの文章を口実に〝文学には世界観など必要ない〟と言いたて、自分たちの転落を合理化しようとしたのでした。

百合子は、三四年に書いた評論「バルザックに対する評価」（『文学古典の再認識』現代文化社、一九三五年、に発表）で、転落派のこの種の議論を批判しましたが、バルザックと距離をおいた百合子自身の姿勢も、この評論には現われていました。

しかし、顕治の方はバルザックが結構好きで、獄内に差し入れる書籍の最初の注文（獄中からの手紙の第一信）のなかでも、外国の作品ではまずバルザックが上げられたし（三四年一二月一三日の手紙　上八ページ）、後には、バルザックの全集が手に入るだろうかと言い出した時もあったほどでした（四二年八月二四日の手紙　下一五五ページ）。それぐらい、獄中で熱心にバルザックを読んだのです。その影響もあったのでしょう、百合子も、あらためてバルザックを読みだしてゆくと、前には見えなかった積極面が見えてきて、やがて、「私はバルザックがきらいでしたが、今にわかりそうです」と書くようになりました（四〇年四月一一日の手紙　第23巻一六九ページ）。

二人のあいだでは、リアリズムとロマンチシズムとの統一という問題も、くりかえし議論がかわされました。最初は、一九四〇年、百合子がある雑誌からロマンチシズムについての文章を依頼されたことから始まった意見交換で、顕治が、リアリズムとロマンチシズムを対立的に考えるべきでない、ロマンチシズムの土台には人間の「能動性」の認識があるとして、この両者の統一論を展開したのです（四〇年一〇月七日の手紙　上三九〇ページ）。この議論は、「ロマンティシズムの問題、そうだったの？」という百合子の納得の言葉で終わりました（四〇年一〇月一二日の手紙　第23巻三二一ページ）。顕治はその時、この文学論は「丸の内の一年生活のとき」（検挙後、各警察署の留置場をたらいまわしにされていた時期のこと）に考えていたことだと説明していました。まさに顕治ならではの留置場生活だったのです。

次のやりとりは、四四年はじめ、百合子が長編について「『伸子』以後を書く」という結論に到達していた時期におこなわれました。ロマンティシズムを代表する典型的な作品として、フランス大革命を描いたユーゴー『九十三年』を読むことを、顕治が百合子に勧めたことから始まった意見交換でした。そのさい、顕治が、ユーゴーのもつ「能動的ロマンティシズム」と、「刻明な現実追求分析」を特徴とするバルザックのリアリズム、「この二つの要素の高められた統一的発展こそ、新しい作家の宿題だ」と説いたことも、注目に値する提起だったと思います（四四年一月二二日の手紙　下二七九ページ）［＊］。

＊ **百合子とバルザック**　百合子は、四三年秋から四四年初めにかけて、バルザックを集中的に読んでいますが、手紙の中での読後感にみられるバルザック観の進化には、大変興味深いものがあります。四三年九月二七日の手紙（第25巻三九～四一ページ）、同年一一月一八日（同七八ページ）、同年一一月二二日（同八二～八四ページ）、同年一二月二五日（同一〇五～一〇七ページ）、四四年一月九日（同一三五～一三八ページ）、同年一月一七日（同一四一～一四四ページ）、同年一月二六日（同一五〇～一五二ページ）などです。四四年の三つの手紙では、ユーゴーとの対比も論じられています。

顕治の公判は、こういう会話が続けられてきた中で、四四年六月、開かれたのでした。百合子にとっては、長編が求める新しいリアリズムの探究の中で経験した公判闘争です。それだけに、顕治が陳述の中で、複雑に入り組まされた問題を、一つ一つ事実をもとに冷静に解き明かしてゆくそのリアリズムに、百合子ならではの感動を覚え、自身の文学への限りない教訓をくみとったのでした。では、百合子は、この過程で、何を吸収し、その文学方法論をどのように発展させていったのか、ここには大きな研究問題がありますが、それは、文学の世界の外にいる私が本格的に取り扱える問題ではありません。その世界で直接ことにあたっているみなさんに、ぜひ研究していただくことを願うものです。

## 主人公・伸子と作者との「距離」

方法論の面での、百合子の前進の到達点は、端的にいって、『二つの庭』と『道標』という二つの作品に体現されていると思います。

それは、主人公・伸子の成長・発展の過程をたどりつつ、成長しつつある伸子の心と目で、時代を描いてゆく。そういう新しいリアリズムへの挑戦でした。このことについて、百合子は、「『伸子』以後を書く」という結論をだしたときに、すでにこう言っていました。

「伸子と作者との間には」、作品『伸子』になかった「大きい距離があります」（四三年一〇月一八日の手紙　第25巻六〇ページ）。

つまり、『二つの庭』や『道標』で伸子を書きます。そこで書いている世界は伸子が見た世界なのだけれども、その伸子を書いている作者はもっとずっとすすんだ地点にいるわけですね。そういう複雑なリアリズムを彼女は努力して戦後の二つの作品に具体化したのでした。

『道標』の最後で、伸子が日本へ帰ると決意した時には、革命への自覚をもった共産主義者として、その目で日本社会を見るわけですが、その伸子自身も、帰国してから戦争が終わるまでの一五年間、曲折あり飛躍ありの発展・成長を遂げてゆきます。この成長は、共産主義者としての自己鍛錬であって、それまでの時期の伸子の成長とは、違った性格をもっていました。ですから、その伸子が、獄中の重吉とともに、その時代をどう生きていったかを書くときには、『二つの庭』や『道標』を書いた時とは違うし、また『播州平野』、『風知草』など、「十二年」を生き抜いた到達点で書かれた作品とも違った、独特のリアリズムが求められただろうと思います。

百合子が、この問題について、『道標』をほぼ書き終えた時期に、「心に疼く欲求がある」（一九五〇年八月）、「『道標』を書き終えて」（一九五一年未完、絶筆となった）などで考察をおこなっていますが、獄中への四四年九月の書簡で、こういう到達点を予想して、すでに、次のような言葉を残していたのは、たいへん興味深いことです。

「刻々の現実の呈出しているテーマは何と大きく複雑で多彩でしょう。そのテーマの根本的意義を感覚のうちにうけとるところまで成長したとき、『私』はその個的成長に必要だった枠としての任務を遂げて腐朽いたします」（四四年九月二〇日の手紙　第25巻二七九ページ）。

作者と伸子が一体になるときが、この『十二年』の到達点にあるわけですね。そこに向かって新しい文学的成長を遂げる方法論をどうするか。これも百合子の探究と挑戦の道だったと思います。

以上、『十二年』がどういう作品であっただろうかについて、五つの角度から私なりの検討の結果をのべてきましたが、ここで、〝未完の大河小説を読む〟という私の「冒険」の結びにしたいと思います。

## 結び。民主主義文学への期待——「時代を描く」という問題

最後に、民主主義文学への注文という話がありまして、外野の私にはあまり資格はないのですけれども、感想的なことをいくつか述べたいと思います。

一つは、『十二年』という作品を書く時間をもてなかった百合子の無念さを考えるのです。もしそれが書かれていたら、抑圧と戦争に反対して、獄の内外で不屈にたたかいぬき、堅固な準備と意欲をもって戦後を迎えた重吉と伸子、この二人を主人公に、戦時日本の一二年間を、社会の諸階層をとりまく規模と壮大な歴史的展望をもって描き出す、そういう一大叙事詩となったことは間違いないと思います。戦後七〇年を経た今日、この作品が、あの戦争を美化し、暗黒の時代をなつかしみ、日本を再び戦争の惨禍に導こうとする勢力への痛撃となると同時に、平和と民主主義の新しい日本に道を開こうとする人々に、勇気と展望を与える作品となったこともまた、疑いないことだったでしょう。

そして、二人とも歴史上の人物となった今、第三者にも、この時代、この主人公たちを書く資格があるのではないか。創作方法はまったく違うものになるでしょう、第三者が書くのですから。しかし、百合子の没後六五年、『十二年』に書かれるべき時期が始まった時点から八十余年を経た今日、

百合子の熱望を受け継いだ大河小説が誕生したとすれば、これはどんなに素晴らしい作品になるだろうか。これが、私がひそかに、大きな声で言っては、ひそかにならないのですけれど（笑い）、強く待望するところであります。

もう一つ、百合子も多喜二も、自分が生きた「時代を描く」ことに挑戦した作家でした。戦前・戦時の日本は、時代そのものが、歴史的な展望をもった者に「時代を描く」意欲をかきたてるような時代でした。

今の日本は、きわめて現代的な意味で、全社会を見渡す壮大な規模で、かつ歴史の発展的な展望をもって時代を描く意欲をかきたてる、そういう新しい時代的な局面に入りつつある。そういう実感を私は持っています。

よく言われます。国民一人ひとりが主権者として語り、行動し、政治を動かす主体となろうとしている時代。そのことを原動力に、まだ一歩ではあるが、政党・団体・個人の共同戦線が発展しつつある時代。これは、近代日本の歴史に、いまだかつてなかったことです。

この動きが新しい政治を現実に生み出すまでには、まだ多くの時間がかかるでしょう。複雑な曲折も経験されるでしょう。しかし、そこにはまた、歴史の発展的な展望のもとに今日の時代を描く新しい大作、こういう文学作品を生み出す一つの必然性が横たわっているのではないだろうか。そういう希望を持ちます。

もう一つ付け加えますと、戦前のプロレタリア文学についての松本清張さんの批評の一つに、「プロレタリア文学は支配階級を書かなかった」という言葉がありました。「時代を描く」という場合、これは傾聴すべき言葉だと思います。松本さん自身は、『象徴の設計』（一九六二年）をはじめ、支配階級の実態を鋭くえぐり出す作品を残しました。戦後七一年、日本の戦争の問題でも、今日の反動的な暴走と迷走の問題でも、国民の前にリアルに告発すべき主題は無数にあります。この分野でも、民主主義文学の新たな発展に期待する言葉を一言のべさせていただいて、話を終わりたいと思います。

どうもご清聴ありがとうございました。

（『民主文学』二〇一六年八月号）

# 本と私の交流史

二〇一五年一〇月一七日、「日本共産党がんばれ図書館の会」設立の集いでおこなった記念講演。

みなさん、こんにちは。不破哲三でございます。

今日は、図書館の活動に力を尽くされているみなさんに、ここでお目にかかることができまして、たいへんうれしく思っています。とくに今度は、日本共産党を励ましてくれる会の発足の日だということで、その喜びはなおさらです。

図書館とは、その社会の文化的な発展を支える大きな土台の一つだといってよいでしょう。いくら通信技術が発達しても、本を手にとって読むということは、人間の発達にとって、ほかのことではかえられないことだと思います。

そういう立場で、今日は、私自身の本とのかかわりあいを、あれこれとお話しさせていただきたいと思いました。

## 子どものころから古本屋歩き

ともかく子どものときから、本が好きな子どもだったようです。

私の家は、両親とも教員出身でしたから、本はけっこういろいろあったわけですね。子ども向けの本はもちろん、自分で読めそうなものは、大人の本でも何でも読みました。

当時、昭和の初期というのは、円本《えんぽん》時代といいまして、一円で買える全集がすごく出ていたのですね。『現代日本文学全集』、『世界文学全集』などいろいろありました。なかでも私がよく読んだのは、『現代大衆文学全集』という千数百ページもある分厚い本で、わが家に何冊もありました。いまでも題名を覚えているのですが、吉川英治『鳴門《なると》秘帖』、前田曙山《しょざん》『落花の舞』、白井喬二《きょうじ》の『新撰組』など、そういうものを片端から読むのです。家にあるもので足りなくなると、ご近所の家から借りて読む。一五年ほど前のことですが、作家の水上勉さんと対談する機会があって、お互いに若いころに読んだものの突き合わせをしたことがあります。『現代大衆文学全集』は、同じころに水上さんもよく読んだ本だそうで、古本屋で一冊五銭の本を束にして買ってきた、ということでした。だいたい同じようなものを読んでいたことがわかって、大いに意気投合したものでした［＊］。それからまた、私の両親は高知県出身で、母の父親が高知にいるのです。読書好きな人でしたから、母が古本屋で明治のころの小説をいつも買ってきました。いまでは名前を知らない方も多いと思いますが、村上浪六《なみろく》の侠客小説や黒岩涙香《るいこう》の翻訳物が主でした。涙香は、日本人にわかりやすいように、登場人物はすべて日本名に変え、表題も変えてしまう。デューマの小説『モンテ・クリスト伯』は『巌窟王《がんくつおう》』、ヴィクトル・ユゴーの『レ・ミゼラブル』は『噫無情（あゝ無情）』という調子です。母がそうした本を買ってくると、まず私が読んでしまってから父親に送るというのが、わが家の習慣になっていました。

＊**水上さんとの突き合わせ**　この時の様子を、『一滴の力水　同じ時代を生きて』（水上・不破対談二〇〇〇年　光文社）から、紹介しておきましょう。

**不破**　私は水上さんとは、生まれた年代も土地も違いますが、水上さんの回顧談をいろいろ見ていると、読んでいる本などにけっこう共通するものが多いですね。

文学でも、私の生まれたころは、〝円本〟（一冊の定価が一円だった全集本のこと）の全盛時代でした。私が本を読むようになったころは、もうその時期は過ぎていたはずですが、あのころの出版は息が長いんですね。どこの古本屋へ行っても、同じ円本が棚に並んでいました。

まず水上さんがよく「三段組み」と呼んでいる改造社の『現代日本文学全集』。

**水上**　表紙が布製の普及版と板を入れた堅牢な朱色の上製版と、二種類がありました。

**不破**　それから春陽堂の『明治大正文学全集』。これは二段組みでしたね。子どもですから、そのなかから抜いて読むものは限られていましたがね。

『現代大衆文学全集』は片端から読みました。出版社はどこでしたっけ。

**水上**　平凡社でした。「身代り紋三《もんざ》」（野村胡堂《こどう》）、「修羅八荒《しゅらはっこう》」（行友李風《ゆきともりふう》）、「御洒落《しゃれ》狂女」（本田美禅《びぜん》）。

**不破**　それに「鳴門秘帖」（吉川英治）に「新撰組」（白井喬二）、「照る日くもる日」（大仏《おさらぎ》次郎）や「落花の舞」（前田曙山）。

**水上**　国枝史郎《くにえだしろう》の「神州纐纈城《しんしゅうこうけつじょう》」もあった。あ、これはこの「全集」とは別だったかな。

**不破**　……。国枝史郎のもので、あの全集で私が読んだのは「蔦葛木曽桟《つたかづらきそのかけはし》」でした。

**水上**　こういう全集ものをよく読んだのは、中学時代よりもっとあとの時期でした。私は、瑞春院《ずいしゅんいん》のあとの等持院《とうじいん》も一九三六年（昭和11年）には脱走して還俗《げんぞく》し、いろいろな仕事をして、一九三八年（昭和13年）に満州に渡って運輸会社で働いたんです。そこで喀血して国へ帰り、郷里の若狭で療養中に、文学書に熱中しました。

不破さんはどうか知りませんけれども、私は、小浜や京都の古本屋で、縄でくくって買ってきましたよ。一冊五銭だったから。

**不破**　一円が百銭ですから、定価の二十分の一で買えたということですね。

**水上**　宇野浩二だとか、葛西善蔵《かさいぜんぞう》だとか、近松秋江とか、私小説の世界のものは売れませんから、五銭とか八銭とかの値がついている。一方、芥川龍之介とか谷崎潤一郎などの巻は、別の棚にちゃんと縦置きで並べてある。安いものをまとめて買って、縄でぎゅーっとくくり、紙屑のように提《さ》げて持ち帰りました（「文学に憧れた共通の青春があった」同書四〇〜四一ページ）。

読み方もけっこう乱暴なんですね。歩きながら読むのがお得意でして（笑い）、いつか読みながら歩いていて何かにぶつかりそうで、あわてて見たら目の前に馬の鼻の頭があるのですよ（笑い）。私は中野区に住んでいたのですが、当時は中野区でもまだ馬が引く荷車がけっこう通っていて自動車よりよほど数が多く、電柱に綱を縛って馬をよく止めてありました。馬の方も、いきなり鼻先に子どもの顔が突き出たのには驚いたでしょうが、私も驚きました。ともかくぶつからないですんだのですが。

そんな調子でしたから、小学校に入る前から眼が悪くなりました（笑い）。ところがそのことに誰も気がつかないのです。当の自分もまわりも。

小学校では、生まれた月日順に並べられて一番後列の席になりました。だから、先生が黒板に書く字がぜんぜん読めない。そのたびに隣の子どもをつついて「なんて書いた？」と聞くと教えてくれる。そのことを相手も不思議に思わないのです。そういう調子で半年ぐらい過ごしていたら、あるとき、たまたま二階に父、下に私がいて、二階に時計がなかったものですから、上から「いま何時だ？」と聞かれ、「わからない」と私。父が「小学生になってもまだ時計が読めないのか」と怒っておりてきて、懐中時計を取りだし、時間がわかるかと聞きます。「何時」だと正確に答えると、柱時計を指さして「原理は同じだ」という。「あれは針が見えないんだ」と答えたところで、近視だということがはじめてわかりました。検眼したらなんと〇・一でした。

なにしろ小学一年生で、背も小さかったですから、眼鏡をかけると目立ちました。学校では眼鏡をかけているのは、上級生をふくめて私一人だけ。散々ひやかされました。そのせいだと思いますが、私の小学校では、私が卒業するまで、多少の近視になっても、誰も眼鏡をかけませんでした。

子どものころ、父が私たちを本屋に連れてゆくのですが、行き先はいつも古本屋でした。ですから、私は、本というのは古本屋で買うものだ、あちこち歩いてほしい本を探すものだと思いこんでいました。本の最後の広告ページを見ると、「全国どこの書店にもある」と書いてあります。〝そんなことあるはずがない、本はあちこち本屋を歩いて探さなきゃ見つからないものなのに〟と、不思議に思ったことを覚えています。そういう調子で古本屋歩きの習慣は子どものころに身について、今日に至るまでずっと続いています。

戦後、占領下の時代は、紙はないし、翻訳の問題もうるさかったから、左翼の翻訳ものの出版物というのはあまりないのですね。それで、戦前の左翼出版物を古本屋で集めるのに一生懸命で、古本屋歩きの習慣はそのころにさらに加速されました。

結婚してからも、年末の行事というと、わずかな金を持って夫婦で神田へ買い出しに行くことでした。古本といっても値の高いものは手が出ませんから、だいたい店頭に並んでいる、当時一〇円均一とか二〇円均一とか、少し高くても五〇円均一とかというのをずーっと探して歩きました。だいたい神田を一回りすると、本の長い束が二つか三つできます。その重い束を二人で提げて、神保町《じんぼうちょう》の辻から水道橋まで苦労しながら歩いた記憶がありますが、そうやって買い込んだものでした。

〝買う基準は〟といいますと、いますぐ読みたいという基準ではないのです。何かいつか役に立つのではないかと思うもの、そう頭にひっかかったものを買うわけですね。ですから、買って何年も手に取らないものもありますし、そのなかから、何十年もたってから「こういうものがあったか」と仕事に役に立つものが思いがけず出てきたりもします。そういう収集の仕方で、ともかくいったん買ったものは、いつかは役に立つこともあろうと、だいたいはとっておく主義でした。

## 図書館とのかかわり――大学時代の〝産業〟ルポのアルバイトなど

かんじんの図書館とのかかわりなのですが、あまり深い縁ではないのです。昔の記憶をたどりますと、私の子どものころは図書館は少なかったと思います。私は中野区の野方《のがた》、中央線で南北を区切りますと、中野区の北のほうに住んでいたのですが、南のほうに宝仙寺《ほうせんじ》図書館――名前はいまは違っていると思うのですが――がありました。私の家から、四〇分ぐらい歩いて、読みたいものを探しにそこへ通ったものです。

中学時代には、私は府立六中、いまの新宿高校に入りましたから、学校の近くの淀橋図書館に時々通いました。あの地域は開発が進みましたから、おそらくなくなったのでは、と思いますが、日曜日にはそこによくゆきました。

読むのは、やはり時代小説、推理小説、空想科学小説など、そういうものなのですが、あるとき、月曜日の日本歴史の時間に、教師が何を思ったのか、「昨日、日曜日に何をやったかを答えなさい」と聞くのです。私にもあたりましたから、「図書館にいっていました」と答えたら、たいへん褒められまして（笑い）、「えらい！」というのです。そのとき図書館で読んだのは『大菩薩峠』（中里介山《かいざん》）でしたから、ああいうものを読んでなんで褒められるのかと、思ったものでした。

中学のころはそんな感じでした。三年の時からは、軍需工場への動員でしたから、もう図書館どころではありませんでした。

大学時代には、少し変わったかかわり合い方をしました。

大学の生活というのは、私は特別な事情がない限り、毎日大学に通うという模範生でした。しかしやっていることは、もっぱら学生自治会の活動と日本共産党の活動で（笑い）、教室にはあまりご縁のないほうでした（笑い）。そのなかで、ある出版社から、アルバイトを頼まれたのです。さきほど司会の松岡要《かなめ》さんの挨拶のなかでご紹介があった、『社会見学博物館・産業篇』の仕事です。日本の産業の多様な業種をとりあげ、子どもむけにその解説を書くということで、前半はその業種の歴史や社会的な意義を書く、後半は現場の製造工程をルポ風に書く、こういう企画でした。ですから、工場や鉱山の現場を取材しなければなりません。技術的な材料は、その会社の技術者が提供してくれて、ときにはあらすじまで書いてくれたりもするのですが、技術者の文章はなかなか一般向けになりませんから、その資料も使ってライターが書く。そのライターの一人に、という話で、それを引き受けました。

私がこの仕事を始めたのは、大学に入って三年目だったと思います。旧制大学は三年制ですが、私は全学ストライキの問題で停学の時期があって、大学には四年いましたから、後半の一九五二～五三年の時期に、この仕事をやりました。

その現場見学のために、活動の合間を縫う形で、全国をずいぶん歩きました。会場で資料（『社会見学博物館　産業篇』全四巻で不破が担当した項目、取材工場などの一覧）が配られたそうですが、鉱山とか工場、発電所、工事現場とかを五〇カ所近く歩きました。説明を聞きながら現場を見、関連の資料をもらってくるのですが、やはりそれだけでは材料不足で、その産業のあれこれを調べるのに図書館にいって調べたこともかなりあります。前から勝手を知っていた淀橋図書館も利用しましたし、日比谷図書館に通ったこともあります。

このアルバイトは、私にとっても、産業の勉強をするいい機会になりました。何しろ「産業」解説を引き受けたものの、実際のことはほとんど何も知らないのです。最初のころは、工場にいって見慣れない機械を見せられて、「なんですか？」と聞くと「旋盤《せんばん》ですよ」との答え、なんだ旋盤も知らないのかといった顔をされて恐縮したこともありました。しかし、現場をまわるにつれて覚えてゆき、そのころの日本の産業の実情は、だいぶわかってきました。東京近辺の工場はもちろん、日立製作所、豊田自動車、三井造船、住友機械などの大工場もかなりまわりました。最近、ノーベル賞で有名になったカミオカンデは、神岡鉱山の跡地に造られていますが、私は、銅と亜鉛を採掘していた時期に神岡鉱山を訪ねました。鉱山では、日立の銅山にもいったのですが、日立の銅山は地下深く掘り進んでいる普通の鉱山でした。神岡鉱山は、鉱脈が地平線の上にあって、地上を横掘りしているので、同じ鉱山でもそんな違いもあるのだなと思いつつ、取材したものでした。

ただ、私のアルバイトは書いて本にまとまるまでの仕事ですから、この本がどう利用されたかは、出版社からも何の連絡もありませんでした。今度、今日の会についてのお話の中で、松岡さんからうかがうまでは、まったく情報がありませんし、松岡さんから、各地の図書館で大いに活用された歴史があるという、うれしいお知らせを聞き、たいへん驚いたわけですが、そんなことが大学時代の図書館との縁でした。

## 宮本百合子研究のこと

国会議員になってからは、国会図書館を利用する条件ができました。私は、国会質問の準備で利用するというよりも、それ以外の目的で利用する場合の方が多くありました。

そのことを一、二ご紹介しますと、一つは、戦時下の宮本百合子の活動の研究です。

私は、一九七〇年代から九〇年代にかけて、宮本百合子の研究にだいぶ力をいれました。

そのとき、私がとくに興味をもったのは、宮本百合子が戦時中にどれだけのものを書き、どれだけの仕事をしたのかという問題でした。

夫の宮本顕治が逮捕され、百合子が属していたプロレタリア文学運動も解体の事態になる、百合子自身も執筆禁止などの抑圧を受ける、こういうきびしい情勢のなかでも、百合子は実に多くの仕事をしているのですが、そのなかの大きな仕事の一つに、彼女が一九三九年~四〇年に執筆した女性文学史、「婦人と文学」がありました。『全集』（当時の）に収録されていましたが、それは、戦後、執筆の自由を得た時期に書き直したものなのです。「婦人と文学」の原作は、あの戦時の条件、とくに一九三九年～四〇年、つまり日中戦争が太平洋戦争に拡大する前夜という緊迫した時期に、彼女自身がいったん執筆禁止になってそれがとけた二年後にまた執筆禁止になる、その間のわずかな期間を利用して書いたものです。戦後に書きなおした文章からでは、百合子があの時代に、日本の文学史をどういう気持ちでどこまで書いたのか、そのことを読み取ることはできません。この目的を達するには、戦前の現物を見なければならないと思いまして、国会図書館にたずねてみたら、百合子の

宮本百合子が1939～40年に『中央公論』、『改造』、『文芸』に連載した女性文学史のコピー

文章を連載した雑誌が全部ありました。

連作は全部で一三号にわたりますが、最初の作品が『中央公論』、その次が『改造』に掲載され、あとは『文芸』という雑誌に一一回連載されていました。それらの雑誌のコピーをとり、号を追って読んでみると、やはり迫力が違うのです。戦後のものはもっと自由に書いていますから、叙述も詳しいし、言いたいことをズバリズバリ書いています。戦前の作品は、きびしい条件のもとでの執筆ですから、言葉をおさえながら、自身も苦闘のなかで書いたものです。いま読んでみても、その状況がありありとわかる生きた言葉で書かれていて、戦後の自由な空気のもとで書いたものとくらべると、伝わってくる作者の緊張感、気構えがまったく違うのです。書いてある主題も見出しもほとんど同じだけれども、不自由なうちに書いたものの素晴らしさをひしひしと感じました。

彼女は、『婦人と文学』の戦後版を刊行した時、「前がき」で、その仕事に取り組んだ当時の自分の気持ちについて、「人生と文学とを愛すこころに歴史をうらづけて、それを勇気の源にしたかった」と述べています（『宮本百合子全集』第17巻一三八ページ）。その気持ちが本当に出ていると思いました。しかも、主題は、女流作家中心ですけれども、明治初年から戦争の真っ最中までの文学史という大きなテーマです。その複雑な脈動を実に生き生きととらえ、しかも、一三回連載のなかの六回を、弾圧されたプロレタリア文学運動にあてて、殺された小林多喜二や蔵原惟人をはじめ、著名な作家、評論家たちも登場させています。そして、この文学運動が、日本の文学運動のなかでどんな位置づけをもったのか、そのなかに将来にたいする希望がどう現われているか、ということまでずっと書くのです。

私はそれに感動して、「戦時下の宮本百合子と婦人作家論」という論文を当時の雑誌に書いたのですが（『文化評論』一九八六年三月号、不破『宮本百合子と十二年』八六年、新日本出版社所収）、これは国会図書館で戦前の原作を借り出さなければできなかった仕事でした。あとで聞いてみますと、戦前の雑誌は何回も貸し出すといたんでくるからということで、間もなく貸出禁止になったとのことですから、すれすれにやった仕事となったようです。

実は、この百合子の仕事そのものが図書館と非常にかかわりが深いのです。書く前に、その準備に上野図書館に行っています。自分が書こうとしている明治の女性作家たちのこと、樋口一葉のことを、図書館にいって研究し、そこで考えたことを、その晩から作品に書きこんでゆく、そういう仕事ぶりでした。

当時の「日記」を読んでいますと、図書館でその仕事をしながら、その場所で獄中の夫・顕治に手紙を書くのです、「いま図書館で書いてます」という調子で。彼女の生活ぶりも非常によくわかりました。

そういうこともあったのでしょうか。この連作を書きあげた後に、非常に短い文章ですが、宮本百合子の図書館論が「都《みやこ》新聞」（一九四〇年一二月一二日）に掲載されていました（全集第15巻）。題は「実際に役立つ国民の書棚として図書館の改良」。戦前の図書館ですから、いまの図書館よりも数も少ないし、内容も完備していなかったでしょうが、図書館を「国民の書棚」と位置づけて、その改良方を提案した文章です。「都新聞」は、たしか「東京新聞」の前身になった新聞です。

これは国会図書館でお世話になった一つの経験です。

## 「マルクスと日本」をめぐって

もう一つは、マルクスにかかわる研究です。

マルクスの『資本論』にこういう文章があるのです。

「日本は、その土地所有の純封建的組織と――土地所有者の階級が将軍を頂点に大名、武士と階層的に組み立てられている仕組みですね（不破）――その発達した小農民経営とによって、たいていはブルジョア的先入見にとらわれているわれわれのすべての歴史書よりもはるかに忠実なヨーロッパの中世像を示してくれる」（『資本論』第一部第七篇第二四章、新日本新書版④一二二九ページ）。

当時のヨーロッパの歴史書には、中世は悪いものだ、いかにひどい社会だったかを過度に強調して、現在のブルジョア社会礼賛の材料にする「中世像」が多かったようですね。もっぱら暗黒の中世にたいして近代の輝かしさを書く、そういう歴史書の一面性は現在の日本封建社会の実情を見ればよくわかる、いまの日本社会こそは、わがヨーロッパの「中世像」を、ブルジョア的先入見におかされたわれわれの歴史書よりもはるかに忠実に示しているぞ、マルクスはこう言っているのです。

マルクスが、日本について、なぜそこまで断言することができたのか。日本についてのちょっとしたスケッチ的な記事を読んだだけでは、書けない文章です。ただの観察者ではなく、かなり長いあいだ日本に滞在して、日本社会を内部からくわしく観察して、日本の状況をよくわかっている人物、しかもそのことをヨーロッパの中世像と比較して議論するだけの知識を持っている人物、なにかそういう人物が書いた日本社会論を自分の知識の源泉にしたのではないか。短い文章だけれども、そうでなかったら、ヨーロッパで流行の「中世像」との、これだけ痛烈な比較論は出てこないはずだと思いました。

それで、いったいマルクスは何を読んで、この文章を書いたのだろうかということが、長く疑問となっていました。

そのあと、私は国会で千島問題をとりあげようと思って、千島列島の領有問題をめぐる幕末事情をいろいろ研究したのです。当時の日本旅行記は、ロシア人のものとか、イギリス人のものとかいろいろあります。それらを読み継いでいるなかで、オールコックという最初のイギリス公使（いまでいえば大使です）になった人物［＊］の日本滞在記に出合いました。『大君《タイクーン》の都　幕末日本滞在記』岩波文庫で三冊にもなる大長編です。

＊　**オールコック**　イギリスの外交官で、一八五九年六月、駐日総領事兼外交代表として来日し、一八五九年一一月、公使に昇格、六二年三月、休暇で帰国しました。帰国中、それまで在日三年間の見聞と活動の記録として、『大君の都』の執筆・出版にあたります（一八六三年、ロンドンで出版）。一八六四年春、日本に帰任しますが、ラッセル外相との意見の違いから、同年末本国に召喚され、

日本での任務を終えました。

この本を読んでみましたら、オールコックは日本に滞在し、江戸で外交活動にあたる一方、機会をとらえては全国を旅行しており、その間に観察したことを、自分で写生画に描くのです。本には百数十枚の挿絵が掲載されていますが、その大部分が、日本の木版画を模写したものも含めて、オールコック自身の筆になるものです。そこには、江戸の市民生活や武士階級の振る舞い、農業を営む農民の姿など、日本社会の実状が、リアルに描きだされています。

オールコック『大君の都』。原書と邦訳・岩波文庫

なかでも驚かされたのは、オールコックが、ヨーロッパの中世との比較論を豊かに展開していることです。たとえば、イタリアのロンバルディア王朝（六～八世紀のイタリア北部の王国）、これは中世のかなり早い時期の王朝ですね。さらにフランス、ドイツのメロビング王朝（四八一～七五一年）、イギリスのサクソン時代やプランタジネット朝（一一五四～一三九九年）、そういう中世のヨーロッパ社会の政治体制や農民の状況を描きだしながら、日本の現状をそれとくらべ、まさに中世の再現だという

ことを、感嘆の言葉とともに各所に書きこんでいるのです［＊］。「ああ、これだな」と思い、その目で『資本論』のほかの部分に出てくるマルクスの日本論を『大君の都』での日本描写と読みくらべてみると、マルクスがオールコックを読んで書いたのではないかという痕跡があちこちに出てきました。

**＊　オールコックの日本と中世ヨーロッパの比較論**　そういう文章は『大君の都』の各所にありますが、代表的なものとして、日本社会観察の結論を述べた『序文』の中の一文を紹介しておきましょう。

「われわれは、日本人とともに生活することによって、数世紀前にまいもどり、われわれじしんの過去の特徴でもあった封建時代というものを、日本史のなかでもういちど体験することができた……。すなわち、ここには、時と場所とをへだてて、封建制度があるわけである。この封建制度は、その主な特徴のすべてにおいて、われわれの封建制度と大いに一致し、類似していて、その偶然の一致ぶりに驚かざるをえないが、また異なっている点も多い」（岩波文庫版　上三九～四〇ページ）。

そこで私は、「マルクスと日本」（一九八一年）という論文を書いて、マルクスの日本論の根拠は、オールコックのこの本ではないかという考えを発表したのです（『前衛』八一年五月号、『史的唯物論研究』九四年　新日本出版社所収）。そのあとで読んだのですが、鈴木鴻一郎という方は、大英図書館でマルクスが通ったころの図書目録を調べて、当時オールコックの本が大英図書館にあったことをすでに指摘していました。

最近、マルクス、エンゲルスの本格的な全巻全集(『新メガ』)でノート部分の編集にあたっている方が、この時期のマルクスのノートには、オールコックについてのものはなかったという報告を発表されました。そこでは、ノートにあった日本関係の文献が紹介されていましたが、それは、比較的短い期間の観察の記録で、しかも、かんじんの、ヨーロッパの中世との比較論がどこにもないのです。

しかし、マルクスだって、大英図書館で読んだもの全部をノートするわけではありません。オールコックの本は、マルクスが研究した経済学の著作などとは違って、旅行記ですから、その内容に深い印象を受けても、ノートに記録しないで自分の記憶にとどめる場合も、当然あったと思います。問題の内容からいって、私の推測には根拠があると、いまでも考えています。

私は、その時、オールコックの本の原本をみたいと思って、国会図書館に問い合わせました。やはりあるものですね。上下の二冊本で、文庫本とは違って、オールコック直筆の写生画も鮮やかでした。本の扉をあけると、「幣原《しではら》平和財団寄贈」とあります。幣原といえば、戦後の首相、幣原喜重郎のことで、この人の蔵書のなかから、国会図書館に寄贈された本でした。

これも国会図書館との縁の一つでした。

余談ですが、幕末のイギリスの外交官には、日本に多面的な足跡を残している人がほかにもいるのです。オールコックのもとで日本語通訳として活動し、明治以後に公使をつとめた外交官に、アーネスト・サトウという人物がいます。彼も『一外交官の見た明治維新』(岩波文庫上・下二巻、一九六〇年。原題は『日本における一外交官』、一九二一年)という明治維新論を書いていて、この時期の独特の記録として歴史家の間で珍重されています。

彼も日本中を旅行し、各地の山にも登って、旅行記や山行記が多いのですが、そのなかに、興味深い記録がありました。一八七二年(明治五年)の一月、神道の勉強のために富士山麓の浅間《せんげん》神社を訪ね、帰路は山中湖経由への道をとったのですが、彼の『日本旅行日記』(邦訳全二冊、一九九二年、平凡社)に、面白い一節がありました。その時の東京に帰る道筋の記録です。

いま私は神奈川県の丹沢・蛭ガ岳《ひるがたけ》や檜洞丸《ひのきぼらまる》の山裾・青根《あおね》というところに住んでいるのですが、私の家の前に通っている道は、サトウが各地を歩いた当時からある古い道なのです。いまはその北側を国道が通っていますが、この道は昔は存在しませんでした。

山中湖訪問の帰りにアーネスト・サトウが通った足跡を彼の日記からたどってみると、私の住んでいる青根の西隣は道志《どうし》村といいますが、サトウは、山中湖から駕篭《かご》で道志の街道を進み、その途中で駕篭をおり、山道に入りこんだ、としています[*]。その山道がわが家の前の道に続いているのです。この道を一四〇年あまり前にサトウが歩いたのか、こんなところに思わぬ縁があったなと、なにか歴史的な楽しさを味わったものでした(笑い)。

**＊ サトウの青根訪問記**　サトウの『日本旅行日記』のその一節を紹介しておきます。

「山道は山腹をかなりの間登っていくが、次に月夜野《つきよの》に向かって徐々に降下して行き、そこを過ぎるとやがて急速に川へ向かってくだる。橋を渡って山を登り、青根村の一部である音久和《おんぐわ》へ向かう。私たちを見物するために人々が集まってきて、笑い声をあげながら挨拶をした。とても険しいジグザグの山道をくだり、ほとんど流れが涸れた道志川の支流を渡って、十一時五十分に上《うえ》野田《のだ》の名主の家まで登っていく。静かな場所で宿泊に便利だ。一時三十分に出発し、アダムズ［同行者—不破］は馬に乗る。道は右へ向かって、窪みを出たり入ったりする山の腹部を回り込むように勾配を登っていくが、雪が凍り付いているため山道は滑り易い。渓谷の反対側には山が美しく眺められ、小仏《こぼとけ》峠の辺りがはっきりと見える。平丸《ひらまる》の村落を通過し、荒井《あらい》を、そして青根の一部も過ぎる」（同書　1三三～三四ページ）。

この文章に出てくる地名のうち、最初の月夜野は山梨・道志村の集落ですが、そのあとは、音久和から、上野田、平丸、荒井まで、すべて青根村に属する部落で、わが家は上野田から平丸に向かう途上にあります。

## 国際論争のなかで思い出すこと

さて次に、そういう本をどう利用してきたか、ということですが、理論活動のなかでの経験の一、二を紹介します。

一九六六年に日本共産党の代表団として、ベトナム、中国、北朝鮮を訪問したことがあります。これは、私が党本部にきて、外国旅行をした最初の経験でした。この旅行のなかで、中国でおこなった毛沢東《もうたくとう》との会談が決裂に終わり、そこから毛沢東派の猛烈な干渉攻撃が始まった、いわばその転機になった旅行でした。そのとき会談の主題となったのは何かというと、国際統一戦線の問題でした。

一九六四年に始まったアメリカのベトナム侵略戦争がいよいよ激しくなっていた時期でした。国際的には、中国とソ連が激しい論争をしている最中で、私たち日本共産党も、ソ連の干渉攻撃を受けてこれと正面からたたかっていました。しかし、ベトナムという社会主義の一国が帝国主義者の攻撃を受けているときです。そういう論争問題は別として、ベトナム支援の立場で大同団結すべきだ、私たちは、こういう考えでベトナム侵略反対の国際統一戦線を提唱しました。しかし、肝心のアジアの状況を見ると、中国が、「修正主義者は帝国主義と同じだ」として、統一戦線に応じない態度を頑としてとりつづけています。この状況をそのままにしてはおけない、中国を含むアジアの主要な諸党とこの問題で率直な意見交換をし、国際統一戦線への道を開きたい。これが三国訪問を計画した主旨でした。中国にしても、抗日戦争のときには、蔣介石《しょうかいせき》の国民党にたいして、あれだけ弾力的な統一戦線政策をとった歴史をもつ党だから、道理をつくして説けば、通じるものがあるだろう、こういう期待もありました。

そのさい、ベトナム戦争の問題で意見を交わすのに、われわれがベトナムの党の意見を聞き、ベトナムの実情をつかまないままで、その他の党と会談するわけにはゆきませんから、最初の会談はベトナムとすることにしました。しかし、当時はベトナムに直接行く道はないのです。戦争中ですし、日本との国交はありません。まず中国へ行ってそこからベトナムに入るという段取りをつけました。

三国訪問に先立って、国際統一戦線についてのわが党の見解を詳しく解明した論文を「赤旗」（六六年二月四日付）に発表しました。

そのころの中国は、自分の主張の根拠をいつもレーニンに求め、「レーニン主義万歳」という大論文まで発表していましたから、中国と統一戦線問題を談判する以上、われわれの方も、統一戦線問題でのレーニンの立場をよく研究して会談に臨むことが必要でした。この問題は、発表した二月四日論文でも基本点は解明してあるのですが、会談でどんな角度から問題が出ても対応できるように、さらに包括的なレーニン研究をやっておく必要があります。そのために、統一戦線問題についてのレーニンの文献をもれなく集めて、一〇人からなる代表団員全員がそれを読もうということになりました。

ところが、当時は、ワープロはもちろん、コピー機もない時代です。文書をつくるときには、原稿をタイプで打ってそれを印刷するのが、普通でした。ですから、レーニン全集から必要な部分を抜き出すとしても、抜き出したものを、どうしたら一〇人の代表団員に渡せるのか。これが難問でした。全集から書き写してタイプ印刷するなどの余裕はまったくないのです。

そこで考えました。レーニン全集の版元の出版社にゆけば、乱丁本などの不用な本があるはずだ。それで、ひとりで版元の大月書店に乗り込みまして、これこれこういう事情でレーニン全集の乱丁本をひとそろえほしい、と頼みましたら、「屋根裏にある、どうぞ」というのです。屋根裏にのぼって、無造作に積み上げている乱丁本の山の中から、レーニン全集全巻を探し出し、重い荷を担いで帰りました。

そこから必要なレーニンの言明をもれなく抜きだし、その綴《と》じ込みをつくったのです。

1966年、訪中党代表団が回覧した『レーニン全集』抜粋集（統一戦線問題）

統一戦線問題にかかわるレーニンの経験と言明はなかなか複雑でした。主要な相手は、ロシアでいえばメンシェビキ、国際的にいえば第二インタナショナルに代表される社会民主主義の潮流です。ところが、ロシア国内でのメンシェビキとの関係をとっても、同じ党内にいたこともあれば、分裂して対決していた時期もあります。第二インタナショナルとの関係でも、第一次世界大戦で主流が戦争擁護派になった時や、ロシア革命後、革命政権に反対する立場をとった時には、決定的な対立関係になりましたが、ロシア革命に対する干渉戦争が終結した後には、コミンテルンの大会でも、これらの潮流との統一戦線政策を提唱するなど、なかなか複雑な歴史的変遷があるのです。

だから、その歴史を無視して、自分に都合のよい部分を抜き出そうと思えば、国際統一戦線反対論に都合のいいレーニンの文章も引用できるのです。ですから、本格的な論争にそなえようと思えば、いろいろな時期のレーニンの言明の全体を頭において、その変遷のわかる抜粋集をつくらないといけない。

こうして、つくった抜粋集は、統一戦線問題だけでも、時期的に区分して一〇冊ほどになりました。私の手元に残っているものを、今日ここに持ってきましたが、全集から引き裂いて綴じただけのものです。いまから五〇年も前の話ですから、全部は残っていないのですが、このほかに、戦争論、革命論などもつくりました。

中国へは、船で、北九州を出て上海まで丸二日あり、中国との会談の前にベトナム訪問がありましたから、その間に、一〇人の団員の読みまわしをしたものです。

コピーもワープロもない時代に、そういう苦労もしたということもなつかしい思い出の一つです。

## 『スターリン秘史』でも古本屋歩きが役立った

理論活動では、『スターリン秘史』というものを一昨年（二〇一三年）から今年（一五年）七月号まで『前衛』に三〇回連載しまして、いま六巻本の四巻まで刊行しています（一六年三月に完結、新日本出版社)。

発端は偶然の出合いだったのです。五年ほど前、インドシナ共産党史についての日本の研究者の本を読んでいたら、スターリンが一九四一年にディミトロフにコミンテルンの解散の指示をしたということが、一行、簡単に書いてあったのです。コミンテルンが解散したのは一九四三年、その二年前に解散指示があったなどの話は聞いたことがありません。驚いて、その典拠についての「注」を見ますと、『ディミトロフ日記』によるとされていました。ディミトロフの『日記』なるものが存在することをはじめて知って、調べてみましたら、現に存在して多くの各国語版がすでに出ているようなのです。それで最初に手に入れたのは英語版でした。

『ディミトロフ日記』各国語版（左から、英語、ブルガリア語、中国語、フランス語、ドイツ語）

発行状況を調べてみますと、ディミトロフはブルガリア人ですから、一九九七年にブルガリア語版が出たのが最初でした。続いて、ドイツ語版が二〇〇〇年、その二年後には中国語版も出ています。二〇〇三年には英語版、二〇〇五年にフランス語版が出ました。

これまでにその全部を手に入れましたが、みんなそれぞれに特徴があります。英語版は、編者が大事だと思う部分を抜き出した抜粋版です。ドイツ語版は全文なのですがコミンテルンが解散した一九四三年六月までで終わっていました。中国語版は中国に関係しているところを中心にした抜粋版。最後に手に入れたフランス語版は完全本で、戦後も一九四九年まであり、二月六日の記述が最後でした（ディミトロフは、その年の六月、モスクワの病院で死を迎えることになりました）。

最初に手に入れた英語版を読んでみると、驚くことばかりなのです。それまでスターリンについて書かれたものは多いのですが、だいたいは、状況証拠から見たものが多いのです。ところが、これは、ディミトロフというコミンテルンの責任者で、その解散後はソ連共産党の幹部として活動し、戦後は東ヨーロッパのいわゆる衛星国の首脳になった人物、スターリンと切っても切れない関係にあった人物が、自分の日記に自分が直接見聞きしたスターリンの言動を記録しているのです。もう一つ言いますと、「回顧録」というものがよくあり、非常に貴重な文献となりますが、そのときの支配体制の状況によって、筆を曲げる場合がよくあります。しかし、これは、他人には見せない自分用の『日記』ですから、その記録の真実性ははるかに高いのです。

『日記』を書いた時期には、ディミトロフとスターリンとの距離が近い時期や遠い時期などの変化はあるのですが、全体がスターリンの言動にじかに触れて記録したものです。そのなかには、いままで歴史の事実だと思ってきたこととまったく逆の事実経過が無数に出てきます。それを読んで、実にかけがえのない記録だと思いました。

ただ、この『日記』だけでは、歴史の真実はわからないのです。スターリンは、誰にも自分の真意を話さない男です。ディミトロフが書いている事実、スターリンがその時にそういう発言をしたという事実は、たしかなことですが、スターリンの真意がどこにあったか、という点では、分析が要ります。スターリンは、自分の本心を側近にもいわない。たとえば、一九三九年八月に、ドイツと不可侵条約を結びました。これは、それまでかかげていた反ファシズムの旗を投げ捨てる大転換でしたが、ドイツの外相リッベントロップをよんで会談し条約を締結するまで、事前にはだれにもそのことを知らせません。リッベントロップが来ることを知った政治局員たちが、当日、狩りに行っていいかと許可を求めたら、平気で許可する。狩りから帰ったら、大転換はすでに終わっていた。みなスターリンの側近のつもりなのですが、この重大問題さえまったく知らされないのです。

そういう調子ですから、ディミトロフも知らないことはたくさんあります。ですから、ディミトロフの『日記』にある、スターリンがこのときにこう言ったなどなどの記録は重要ですが、それだけでは歴史は書けません。そのときの歴史的状況を全体的に再現する資料——私は経線《たて》、緯線《よこ》といっているのですが、『日記』の経線と交わる緯線の資料が非常に大事になります。

そのために『スターリン秘史』執筆の作業ではずいぶんいろいろな資料を利用しましたが、そのなかには、これまでなんとなく集めていた本のなかに、歴史の解明に結構役立つものがずいぶんありました。

（一）たとえば、ここに持ってきた、モロトフ（当時、ソ連の首相兼外相）の『戦争とソ連外交』という本です。高山書院というところから一九四一年四月、真珠湾攻撃で対米英戦に突入する八カ月前に刊行されています。日ソ中立条約の結ばれた直後の時期だったので、こういう本が出せる条件があったのですね。これを見ると、ソ連がドイツとの同盟的な方向に転換した時期、重大な節々にモロトフがおこなった一連の演説が収録されています。スターリンは、一九三九年初めの党大会以後は、外国にたいしても、国内にたいしても、公的な発言は一切せず、外交問題ではモロトフに、共産党の国際的な運動の関係は、主にディミトロフに発言させていました。ですから、この本は、ヒトラーとの同盟に踏み出した時期のソ連の公式の態度を見る上で、非常に重要なものでした。しかし、いま、モロトフの当時の発言をまとめて出す人は世界のどこにもいないでしょう。だから、あの時期でなければ出版できない性質のものだったわけで、スターリン研究の上で大変役立ちました。

(二) 次のこの資料集『大戦の秘録』は、一九五〇年代に、鉄鋼労連の仕事で神戸に行ったときに、神戸の地下街の古本屋で買ったものです。戦後、米ソ関係が決裂した冷戦開始の時期に、アメリカ国務省が、ドイツの外務省の記録のなかから、スターリンがいかにヒトラー・ドイツと手を結んだかを示す外交文書を編集して、一九四八年に発表したものの日本語訳です（一九四八年　読売新聞社）。裏表紙に「四〇円」とついています。定価は二八〇円ですから、結構安く買ったんですね。ソ連からすぐ反論文書が出たりしていて、買った当時は、複雑だなと思う以外には、自分では結論の出しようがありませんでした。しかし、いま読んでみると、収録されている資料が独ソ関係史のいきさつをつかむ上で、すごく生きてくるのです。

（三）もう一つ紹介しますと、これは、日本の外務省が、一九四八年一一月に出した『毛沢東主要言論集』です。時期は国共内戦中ですが、外務省として研究する必要があると思ってつくった内部資料でしょう。私は、翌四九年四月に、代々木駅前の古本屋で買いましたから、内部資料でも、かなり早く町に出たようですが、これもなかなかの貴重品なんです。五五〇ページのなかに、報告や論文が二七編収められ、毛沢東の主要な文献がほとんど入っています。なかには、現在の『毛沢東選集』に入っていない論文や報告なども相当あります。『選集』収録のものでも、情勢が変わって都合が悪くなったことは、編集発行のさいに削る場合もありますから、もともとの原作がわかるという利点もあります。この本も後々役に立ちました。

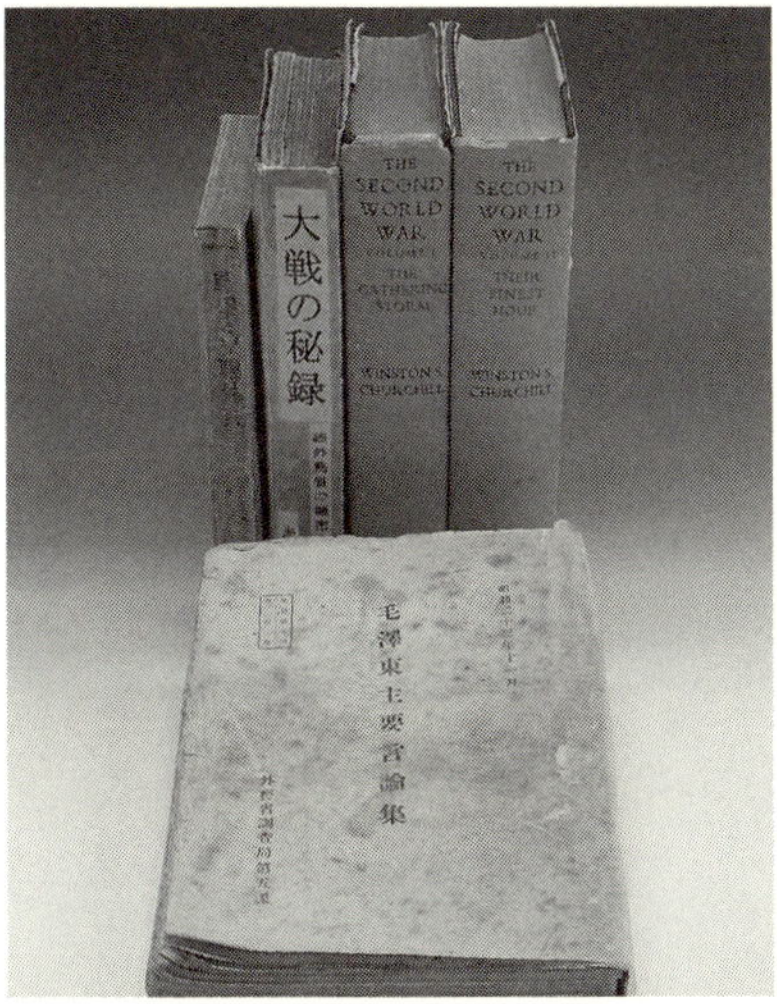


収集した古本も『スターリン秘史』に貢献。上段：左からモロトフ『戦争とソ連外交』、『大戦の秘録』、チャーチル『第二次大戦回顧録』（原書）　下段：日本外務省版『毛沢東主要言論集』

（四）『秘史』のなかの世界大戦史を書くときにたいへん系統的な材料を提供してくれた本が二つあります。一つは、チャーチルの『第二次大戦回顧録』です。毎日新聞社の発行で全部で二四巻になりますが、私はまとめ買いはしないので、古本屋で一冊一冊集めました。一巻だけどうしても手に入らなかった巻があって、それは借りてコピーして全巻をそろえましたが、これがなかなかの歴史書なのです。なにしろ、チャーチルはこの作品でノーベル文学賞をもらいましたからね。これと、大月書店が出した『米英ソ秘密外交書簡』、これは英ソ篇、米ソ篇の二篇で、スターリンとチャーチル、ルーズベルト（一九四五年以後にはアトリー、トルーマン）、この三国首脳が交わした往復書簡が全部で九〇〇通収められています。この二つの記録は、世界大戦時の外交関係の推移をたどる上で、不可欠の資料となりました。

ただ、チャーチルの『大戦回顧録』は、チャーチルの本が出るとすぐ毎日新聞社で翻訳をしていったものだと思います。いろいろ事情のわからない時代ですから、訳文でそのままでは意味が読み取れないところが結構ありました。実は、これも古本屋で買ったものですが、『回顧録』の英語の六巻本の原本を手に入れていたものですから、そのおかげで、意味不明のところは訂正して使うことができました。これも、古本屋めぐりの二重の産物といえるでしょう。

それから、ハヤカワ文庫をご存じでしょう。あの文庫のノンフィクション部門には、重要な歴史物がかなり多くあります。すぐれたジャーナリストが徹底的に調べて書いた報告がありますから、そういうものも使わせてもらいました［＊］。

＊　その日の質問の中に、使った文庫の書名が知りたいという声がありました。利用したのは、スペイン内戦の一側面を記録したオーウェル『カタロニア讃歌』、ドイツの英本土攻撃作戦の前後の事情を書いたレナード・モズレー『ゲーリング』、一九四四年のパリ蜂起の経過をドイツ占領軍側の動き

とあわせて描きだしたランピエール＝コリンズ『パリは燃えているか?』などです。

## 各国共産党との交流を通じて

各国の共産党との交流で外国を訪問した際、そこで入手した資料も、『スターリン秘史』ではずいぶん活用しました。そのなかには、ずっと目を通さずにいて、『スターリン秘史』を書く段になって値打ちがわかり、大いに役立ったというものもかなりありました。

**フィンランドの党から贈られる**（一冊の本を手に持って）これは、一九三九年から四〇年にかけてのソ連＝フィンランド戦争の記録（『冬戦争――フィンランド対ロシア　一九三九～四〇年』）ですが、著者のタンネルは戦争の時期のフィンランド政府の外相で、戦争に先行するモスクワのソ＝フィン会談にも、代表団の一員として参加していました。この本は、一九五〇年にアメリカで出版された本ですが、私が一九八四年にフィンランドを訪問し、ヘルシンキでフィンランド共産党と会談した時、別れの時に贈られました。

中身は、一九三九年、ソ連がフィンランド戦争を起こす前夜のモスクワ会談の記録に始まって、一方的な侵略戦争の開始、戦争の推移とその結末まで、外交的な経過を詳述した記録です。フィンランド戦争について、これまでにいろいろな文献を見てきましたが、この戦争を起こしたスターリンの領土拡張主義の全貌を、これだけ生々しく、そして事実をもってこれだけ詳細にあばきだした記録は、読んだことはありませんでした。この記録を、私は『スターリン秘史』のフィンランド戦争の部分で、全面的に活用させてもらいました。

実は、私たちは以前から、フィンランド共産党との話し合いの機会を持ちたいと思っていました。八四年六月、イタリア共産党のベルリングェル書記長が選挙戦中に急死するという事態が起き、ローマでの葬儀に参列したさい、フィンランドの党の代表に会ったので、帰路の訪問を約束し、ヘルシンキ訪問が実現したのでした。アールト議長との会談は、たいへん心のこもったものとなりました。それぞれの活動や世界情勢について語るなかで、私が、ソ連共産党との関係の歴史をふくめ私たちの立場について話すと、「自主独立という日本共産党の立場にたいしては、大いに尊敬もするし評価もするのだが、ソ連の隣国にある自分たちには、それをやれる条件がない」ということを、真剣な面持ちで実に率直に述べるのです。そして訪問を終えて別れの言葉をかわした時に渡してくれたのが、ソ連の領土拡張主義を、歴史の事実をもって痛烈に告発したこの『冬戦争』だったのでした。この本が、フィンランドではなく、アメリカで出版されたということも、アールト議長がいうフィンランドの特殊な条件の表われだったのだと思います。そして、この本を私に渡すことで、自分たちの本当の気持ちを伝えてくれたのでした。

**ユーゴスラヴィアの党大会の会場で**　フィンランド訪問の二年ほど前になりますが、一九八二年にユーゴスラヴィア共産主義者同盟の大会に参加しました。これは、チトーが死んで新しい指導部を選ぶという大会でしたが、大会の会場に行ってみますと、外国人向けにユーゴの党の文献資料を積んだコーナーがあって、ご自由にお持ちくださいということになっていました。しかし、外国の代表団は、ほとんど誰も手をださないのです。私は、いつもの調子で、役に立ちそうなものは片端から持ってきました。これらの資料は、こんど、スターリンの覇権主義とユーゴスラヴィアの関係を調べるときに、全面的に役立ちました。

各国共産党との交流の中で
上段：左はユーゴスラヴィア解放戦争『文献集』、右は『冬戦争——フィンランド対ロシア』
下段：『建国以来劉少奇文稿』。
開いたページは、アジア・大洋州労組会議での武力闘争提起に異議をとなえたスターリン宛の書簡（1949年８月）

（一冊の分厚い本をとりあげて）

これは、ユーゴスラヴィア人民軍事史研究所が発行した『ユーゴスラヴィアにおける国民解放戦争と革命（一九四一～一九四五）』という文献集です。一九四一年に開始した対独伊解放戦争のなかで発表した党や政府の公式文書が二四三通も収められています。今度の『秘史』で、ユーゴスラヴィアの闘争にかかわる歴史を書くときには、この文献集とか、解放戦争の歴史書、チトー自身の関係文献など、それら大会で入手した諸資料を大いに活用しました。

ただ、使いながら感じたことが一つありました。それは、これらの資料にも、歴史的制約を吟味する必要があるという点です。あれだけソ連の覇権主義と断固としてたたかったユーゴスラヴィアですが、ソ連が態度を変更して和解が実現したあとでは、歴史資料の発表についても配慮する傾向がある、ということです。はっきりいえば、文献集からも、ソ連にとって一番都合の悪い文献が省かれている形跡があるのです。

一例ですが、ユーゴスラヴィアの解放軍が、武器も食料もないきびしい状況の中で戦いながら、その実情を知らせて、緊急の援助を求める電報を、くりかえしモスクワのディミトロフに送ります。ところが、援助がくるどころか、逆に、解放軍の戦い方に見当違いの文句をつける批判の電報がモスクワから寄せられるという異常な状況が続いたことがあります。その時に、頭に来たチトーが、ディミトロフ宛に「援助をしてくれないのなら、邪魔だけはしないでくれ」という電報を打ったことがありました。これは有名なことで、この電報をスターリンが読んでかんかんに怒ったという話まで記録されているのですが、文献集をいくら探しても、その電報だけは出てこないのです。これは、明らかにソ連への遠慮から省いたのだと思いました。

**北京・王府井の書店で買った『劉少奇文稿』** 中国との交流でも、発見がありました。中国共産党と党関係を正常化したのは、一九九八年で、それ以後、何回か中国を訪問しました。中国では結構、党と革命の歴史にかかわる文献の発行が盛んなのです。二〇〇〇年代の後半、理論交流の仕事で二度ほど中国に行ったのですが、二〇〇七年の訪問のとき、北京の王府井《ワンフーチン》という大きな商店街で、そこの書店に寄ると、『建国以来劉少奇文稿』という、劉少奇［＊］の一九四九年七月以降の言論集が四冊ならんでいました。それを買ってページをくっていて、驚くべき文章に出合ったのです。

＊ **劉少奇**　中国共産党の指導者。一九四五年以後、党中央で毛沢東に次ぐ地位を占め、一九五九年に国家主席に就任したが、一九六六年、毛沢東が起こした「文化大革命」で打倒されました。一九六八年、河南省開封市で幽閉状態のなかで死亡し、「文化大革命」終結後の一九八〇年、名誉回復の決定がおこなわれました。

私の若い頃、一九四九年一〇月の新中国成立の直後に、北京で、アジア・大洋州労働組合会議というものが開かれました。そこで、劉少奇が「開会のあいさつ」をおこない、そのなかで、アジア諸国の労働者に民族解放の武装闘争に立ち上がれという大号令をかけたのです。その翌年一月には日本共産党へのコミンフォルム批判がありました。そこには武装闘争という方針は書かれていませんでしたが、結局、それが、日本共産党に武装闘争を押しつける「五〇年問題」の始まりとなりました。こういういきさつから、私たちは、五〇年以後の事態を、劉少奇演説に始まる中国主導の流れの中で見ていました。

だいぶ後になって、九〇年代に中国で『毛沢東とスターリン』（劉傑誠　一九九三年）という研究書が出、それを読んで、アジア・大洋州労働組合会議に先立って、四九年六月〜八月に劉少奇がモスクワを訪問していたことを知りました。その時に、スターリンが、これからは、世界の解放闘争の援助について、アジアは中国が、その他の世界はソ連と「分業」をしよう、アジアの解放運動では、中国の人民解放軍の方式が大いに役立つだろうと提案したことも出ていました。はじめて知ったことでしたが、なるほど、そこでアジア問題を中国がひきうけて、日本にも中国主導で武装闘争の持ち込みを始めたのだな、と腑に落ちる思いがしたものでした。

ところが、二〇〇七年、北京で『建国以来劉少奇文稿』の最初の四巻（一九四九年七月～一九五三年）を手に入れたのですが、その最初の巻に、それまでの想定をくつがえす文章が収められていたのです。一九四九年六月に訪ソした劉少奇がまだモスクワにいるときに、スターリンにあてた手紙です（八月一四日付）。そこには、〝アジア・大洋州の労組会議を開いて、民族解放運動の武装闘争の方針を打ち出すことに、私は反対だ。武装闘争の方針というものは、こんな大きな公開の場で打ち出すものではない、われわれの経験でも、内密に準備しなければ成功しない。公開の場でアジア諸国の労働組合に武装闘争をやれといったら、各国の支配者が警戒し弾圧の態勢を整えるにきまっている。この方針は撤回してほしい〟ということが綿々と書かれています。それをスターリンが押し切って、あの報告をやらせたわけですね。

わずか数ページの短い一文献でしたが、これは、「五〇年問題」が最初から最後までスターリン主導でくわだてられたものだったということを理解する、非常に有力な助けとなりました。

中国のことでもう一つ話しますと、この訪問では、変わった〝古本市〟に出あいました。

北京に潘家園《パンジューユワン》という骨董市があります。私は古本だけでなく、古い人形なども好きですから、これまでに二、三度のぞいたのですが、後へ出ると長い通りがあって、通りをはさんで片方が骨董市、反対側にはドアのような感じの戸が、一定の間隔をおいてならんでいます。何かと思ったら、その戸の一つ一つが一軒の古本屋さんの本棚で、時間が来ると戸をあけて、道に本をざーっとならべるのです。そこを時間の許す限り歩いたのですが、なかなか面白いものがありました。「文化大革命」時代の紅衛兵の論文集や、文革派の資料集など、何軒かまわって一山買って帰りました。あとで聞くと、この〝市〟は日曜日しか開かないそうで、二度目の訪問はできずに終わりました。これも、本との交流にかかわる話の一つです。

## マルクスは図書館を徹底的に利用した

最後に、マルクスが図書館をどう利用したかについて、紹介しておきます。

**各地の図書館で経済学の抜粋ノート**　マルクスは『資本論』を書くまでに、それまでの経済学の遺産を徹底的に研究しましたが、そのほとんど全部が図書館での研究でした。

彼は、大学卒業後、一八四二年に「ライン新聞」の編集長となり、民主主義的ジャーナリストとして、プロイセンで活動しました。この活動は、検閲当局との大闘争となり、最後には編集長をやめて（四三年三月）、より自由な天地をパリに求めます。その間に、ライン州のクロイツナハで年来の恋人だったイエニーと結婚するのですが、マルクスの図書館通いは、このクロイツナハ滞在の時から始まったようで、ここの図書館で書いた抜粋ノート、『クロイツナハ・ノート』五冊が、いま残っている最初の読書ノートとなっています。このノートは、ヨーロッパ諸国やアメリカの歴史書の抜粋が大部分で、経済学の著書はまだ出てきません。

マルクスは、四三年一〇月、パリに移って、新しい雑誌の発行にとりかかりますが、ここでも図書館に通います。そこで書いたのが『パリ・ノート』一〇冊（四三〜四五年）、そのうち八冊が各国の経済学の著作からのノートでした。マルクスがこの時期から経済学研究に力をそそぎはじめたことがわかります。

ところが、四五年一月、プロイセンの圧力を受けたフランス政府がマルクスの追放を決定、マルクスはベルギーのブリュッセルに移ります。この時期、エンゲルスとともに、一カ月ほどイギリスのマンチェスター旅行をおこなうのですが、ブリュッセルでも、マンチェスターでも経済学研究の図書館通いを続け、その成果は『ブリュッセル・ノート』六冊、『マンチェスター・ノート』五冊にまとめられました。

一八四八年二月、ドイツでの革命勃発のニュースを聞いたマルクスとエンゲルスは、ライン地方に帰って、『新ライン新聞』を発行、革命勝利のために奮闘しますが、四九年夏には、ドイツ革命は敗北に終わります。マルクスは、八月、ロンドンに亡命、エンゲルスも少し遅れて同じロンドンに到着しますが、このロンドンには、当時のヨーロッパで最大の規模をもつ図書館——大英博物館の付属図書館がありました。マルクスは経済学研究の絶好の条件を得たわけで、一八五〇～五三年の四年間に、ここでつくった経済学研究のノート『ロンドン・ノート』は、二四冊になりました。『パリ・ノート』から数えると、経済学ノートの全体は、四三冊にものぼることになりました。

マルクスは、こうして作った経済学ノートを、どんな時も手離すことはありませんでした。パリからブリュッセルへ、そして革命のドイツへ、さらに亡命地ロンドンへと住所が変わるときには、それまでにつくったノートを全部持って移るのです。ここに経済学研究の成果がぎっしりつまっているのですから。

**四三冊のノートの活用。独特の仕組みをつくり上げる**　マルクスが、それまでの研究を踏まえて、自分の経済学を著作にまとめる仕事にいよいよ取りかかったのは、一八五七年のことです。そうして書き上げた最初の草稿が『五七～五八年草稿』と呼ばれています。

続いて、内容をより深めた第二の草稿『六一～六三年草稿』を書こうとするのですが、その時、四三冊ものノートをそのままにしておいたのでは、さまざまな経済学者の言明を引用しようと思っても、膨大なノートの山の中からその言明を探しだすのに、あまりにも手間と時間がかかる、と考えたようです。そこで、新しい草稿執筆の準備として、まず、ノートの目録づくりの作業に取りかかりました。

最初にやったのは、いくつかの項目をたてて、多数の経済学者の論述や言明を抜粋した四三冊のノートから、その項目にかかわる重要なものを選び出し、項目ごとに書き写す、という作業です。この

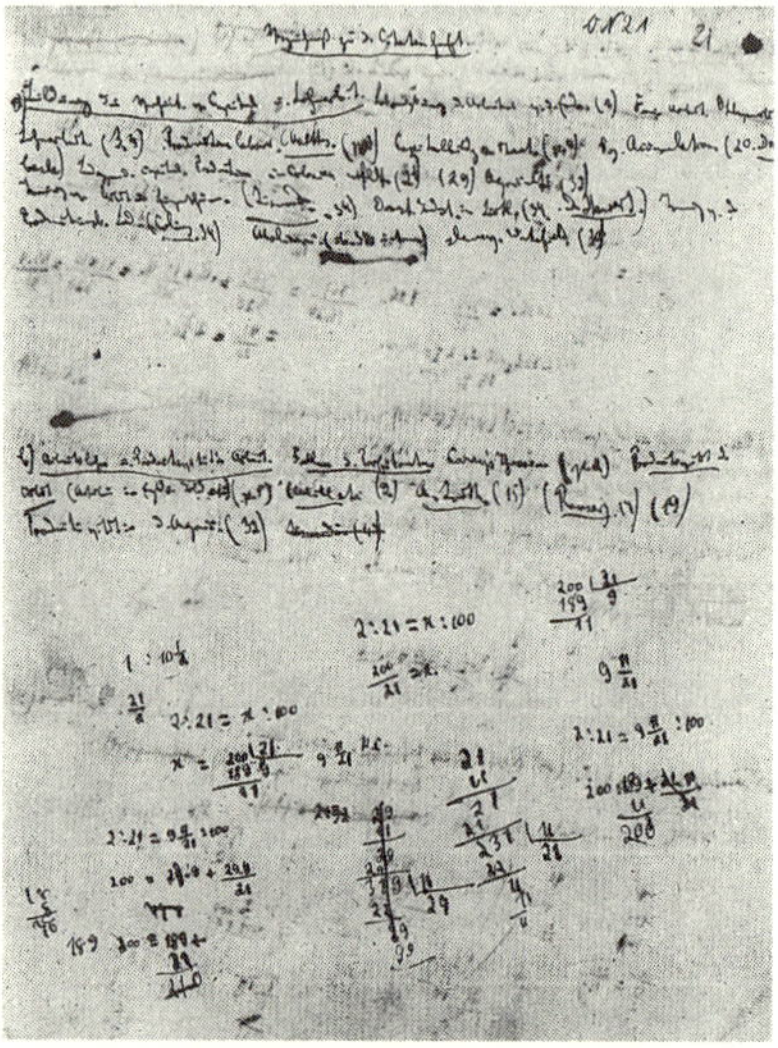

マルクスが膨大な経済学ノート活用のためにつくった「索引ノート」の1ページ

仕事を進めると、項目の数も最初の予定より増え、転記する内容も予想以上に増えて、できあがったノートは、なんと九二ページにものぼる膨大なものとなりました（これは、「引用ノート」と呼ばれています）。

これでは、必要な論述・言明を探し出すのが、また一苦労です。

そこで、マルクスは、第二の作業をやることにしました。それは、九二ページの転記ノートから目的の文章を捜索するための「索引」づくりです。あらためて、（a）から（u）まで二二の項目をあらたにたて、その項目にかかわるあれこれの経済学者の文章が、「引用ノート」のどのページにあるかを示した「索引」です［＊］。

＊ **「引用ノート」への「索引」**　これは、『資本論草稿集』③（一九八四年　大月書店）に掲載されています（同書四六五～四九八ページ）。この本で三三ページ分というと、かなり長い大作のように見えますが、これは、『草稿集』の編集者が一節ごとに長文の「注解」を書きこんだためで、マルクスの「索引」の本文は、その十分の一程の長さのごく短いものでした。このページに現物のコピー写

真を掲載しておきましたが、手帳のような小さい冊子の八ページに書きこまれています。

この「索引」を作成したあとのマルクスの作業状況は、次のようなものだったでしょう。執筆の過程で、その主題についてのある経済学者の文章を引用する必要が出てきたときには、まず「索引」の関連する項目を調べ、その文章が「引用ノート」のどのページにあるかを確かめる。続いて、「引用ノート」の該当ページを開き、問題の文章を見いだす。そこに転記された文章だけで足りない場合には、「引用ノート」を手引きに、四三冊の経済学抜粋ノートそのものから、研究中の問題についてのその経済学者の見解をより広く調べ直す。こういう段取りを踏んで、パリ、ブリュッセル、マンチェスター、ロンドンと、各地の図書館通いで蓄積してきた経済学の歴史研究の全財産を、効率的に活用できるようにしたのだと思います。

マルクスは、自分の抜粋ノートを利用するそこまでの仕掛けをつくりあげてから、『六一～六三年草稿』を書き、続いて六三年以後、『資本論』という新しい題名を決めて、経済学の大著の本格的執筆にとりかかったのでした。

このいきさつを見ると、マルクスが『資本論』の執筆とその準備にあたって、図書館をいかに徹底的に利用したかが、よくわかると思います。

マルクスは、四三冊の抜粋ノートから「引用ノート」や「索引」をつくったあとも、大英図書館通いを続けています。手紙などからその様子をうかがうと、昼は図書館で本を読み必要なノートを取る、夜は家で執筆するという、マルクスの生活ぶりが推定されます。

**マルクスの『資本論』執筆の歴史から** いまは、図書館で抜粋したノートの利用の仕方から話したのですが、そこから見てもわかるように、『資本論』の完成に至る研究と執筆の過程はなかなか複雑でした。

最初の草稿、『五七～五八年草稿』も、書き出したときには、書きあげたらそれを出版するつもりで仕事を始めるのです。それで、はじめは論文風に書いていますが、書きながら考えが次第に発展してゆきますから、まだ答えを出していない新しい分野にどんどん踏み込んで行って、そのままでは、本にならないものになりました。次の『六一～六三年草稿』も、あらかじめプランをつくり、最初の六分の一くらいはそのプランにしたがって、きちんと書きすすめています。しかし、途中で過去の経済学をあらためて研究し直す必要を感じたようで、その時点から、剰余価値についての学説史を中心にした自由闊達な研究ノートなどに内容が変わってしまいます。

この草稿を書きあげたあと、一八六三年夏に、いよいよ『資本論』という新たな題名を決めて、本格的な草稿執筆に取りかかりました。

このように、『資本論』の成立の過程は、マルクスが、過去の経済学を全面的に研究して、自分の新しい経済学の骨組みをつくりあげた上で、『資本論』の執筆にとりかかった、という、直線的なものではないのです。書いてゆく過程でまた新たな研究がすすみ、理論も発展する、発展するということは自身の過去を乗り越えることです。こういう過程があって、そのすべての局面で、抜粋ノートが活用されたわけで、苦労してつくった「引用ノート」やその「索引」も大いに活躍しただろうと思います。

実は、『資本論』を書き出してからも、大波乱の歴史がありました。

私たちは、『資本論』をいま第一部から第二部、第三部へと読んでゆきます。実は、マルクスは、『資本論』をこの順序で書いたわけではないのです。

たしかに、『資本論』の題名をつけて、一八六三年夏にこの著作の執筆を開始したときには、第一部から書き始めました。それを書き終えて、翌年夏から第三部の初めの部分を書き、六五年に第二部の草稿を書くのです。第二部の主題である「資本の流通過程」というのは、これまでの草稿では、ごく部分的にしか手をつけていなかった分野でした。マルクスはいわばはじめて本腰で第二部に取り組んだのですが、それを書き始めてごく最初のところで、マルクスは資本主義観や革命論の根幹にかかわるような経済学上の大発見に到達したのです。

それは、恐慌がどうして起こるかというその仕組みの発見でした。これは、おそらく、マルクスにとっても思いがけないことだったと思います。恐慌論は、マルクスが長年考えてきた中心問題の一つでしたが、新たな発見は、マルクスのこれまでの立論の重要な部分をくつがえすものでした。しかし、いろいろな角度から研究すると、恐慌問題の懸案の多くが新しい立場で見ると、見事に解決されてゆくことがわかります。

そして、この立場に立つと、資本主義のいまの発展段階の見方までが違ってくるのです。

それまでは『共産党宣言』（一八四八年）で書いたように、恐慌が起きるにいたったことは資本主義の終わりの始まりを示すものだ、これがマルクスの資本主義観であり、その革命論の大前提でした。ところが、新しい見方では、恐慌は、資本主義の矛盾の表われではあるが、一〇年ごとにくる資本主義独特の生理現象で、むしろ資本主義の体制が一人前に成長したことの表われだということになる。実際、マルクスは、『資本論』第一部第二版への「あと書き」（一八七三年）では、一八二五年にイギリスを見舞った最初の恐慌を、大工業が「やっとその幼年期を脱した」ことの表われだと意義づけています（新日本新書版 ①一九ページ）。

六五年の発見は、これほどの、資本主義そのものへの見方をも大きく変えた大発見でした。今日はその内容にこれ以上詳しく触れる余裕はありませんが［＊］、この発見によって、すでに書きあげた第一部や第三部の最初の部分の草稿も、そのままでは使えなくなりました。

＊　**一八六五年の大発見**　この問題については、不破『科学的社会主義の理論の発展―マルクスの読み方を深めて』（二〇一五年　学習の友社）の「3　草稿執筆には大きな転換点があった――恐慌論と革命論」、不破『マルクス「資本論」　発掘・追跡・探究』（二〇一五年　新日本出版社）の「二　マルクスの恐慌論を追跡する」をご参照ください。

マルクスは、第三部の残りの部分は新しい立場に立って執筆し（一八六五年後半）、すでに書きあげてあった第一部は、一八六六年から六七年に根本的に書きなおして、その完成稿を六七年に刊行したのです。

では、ほかの部はどうか。第二部は、第一部の完成後にマルクスが書きつづけましたが、その途上の一八八三年、マルクスは死亡しました。残された一連の草稿をエンゲルスが編集して出版したのが、現在、私たちが読んでいる第二部です。

第三部は、一八六四〜六五年にマルクスが書いた草稿がそのまま残され、それをエンゲルスが編集して刊行したものです。そのなかでも第四篇以後の草稿は、大発見の以後にマルクスが新しい立場で書いたものですから、恐慌論も新たな見地から詳しく展開されています（とくに第四篇）。しかし、最初の部分は一八六四年後半の執筆、いわば大発見以前の古い地層に属するもので、そのことは第三篇での恐慌がおこる仕組みの説明に鮮明に表われています。これは、第三部を読むとき、注意する必要がある点です。

私は前から、「マルクスをマルクス自身の歴史のなかで読む」ということをマルクス研究の合言葉にしてきました。『資本論』をずっと研究してみて、『資本論』についても歴史的に見ることがいかに大事か、このことが、非常によくわかりました。

私の本との交流のささやかな歴史を、ここでしめくくらせていただきたいと思います。

## 歴史的な時期に発足する「図書館の会」の発展を願って

最後に、みなさんの会の発足について一言述べたいと思います。

戦争法反対の闘争ですが、これは私は、日本の社会発展の新しい時代を切り開いたと思います。この運動では、いろんな組織が役割をもちろんはたしました。しかし、国民の一人一人が主権者として声をあげてたたかったというのは、組織の力をさらに大きくするとともに、この闘争に新しい特徴をあたえたと思います。

憲法をぶちこわそうとする勢力、安倍流の政治勢力が驚いて恐れた最大の力はここにありました。私は、六〇年の安保闘争には、労働組合の立場で参加しましたが、闘争の様相がずいぶん違いました。多くの市民も参加しましたけれど、総評などの労働組合と、全学連——組織や潮流はいろいろありましたが——などの組織的な動員力が大きい比重を占めました。

しかし今度の運動はちがいます。国民的な運動の広がりの強さに加えて、法案の成立後も運動が止まることなく、戦争法廃止という新しい目標をかかげて発展していることが重要です。

日本共産党は、強行採決の翌日に、みなさんがいま集まっているこの会場で中央委員会総会を開き、戦争法廃止にむけた目標とその実現の道筋を具体的に示した新しい提案をおこないました。

戦争法に反対したすべての勢力が、戦争法廃止の一点で団結して、新しい政府、政党だけの連合でない、国民的な勢力が広く連合する国民連合の政府をつくろうじゃないかというよびかけです。

この提案は非常に大きな反響を呼び、マスメディアでも、毎日どこかの新聞やテレビでとりあげない日がないほどの広がりを見せています。政界でも、この提案が日本の政治の新しい局面への源流になる、こういう予感がかなり広がっています。

私たち日本共産党は、安保闘争のさなかにも国民の要求を代表する政府の提案をおこないました。それ以後も、この半世紀に何回も新しい政府についての提案をおこないました。

しかし、日本の現実の政党関係では、こうした提案も実現の可能性は、ほとんどありませんでした。

七〇年代までは、野党の連立をめぐって論争もあり努力もありました。しかし、八〇年に社会党と公明党が、「共産党を除く」という協定を結んだことが大きな転機となり、それ以後、日本の政界では、「共産党を除く」が〝大原則〟となる時代が始まり、一九九〇年代の中頃までは「共産党を除く」という反動的原則が、政界全体を縛り上げていました。

それが最初に崩れたのが、一九九八年でした。「共産党を除く」野党八党派の連合でつくった細川内閣が九三年六月にでき、九四年につぶれました。そのあと、旧細川政権を支持した主要勢力を新進党という一つの党にまとめて、それで自民党にとってかわろうという動きが前面に出ましたが、九七年には、新進党が大分裂をおこし、これもまた崩れました。

九八年はおもしろい年で、国際的にいうと、わが党が中国共産党と党関係を正常化した年でした。

中国側が鄧小平《とうしょうへい》時代とは態度を変え、自分たちの誤りをきっぱりと認めるという態度に転換したので、この正常化ができました。

一方、国内政治では、古い土俵上での他の野党諸党の団結が完全に崩れました。この年の初めに、恒例のNHK討論会が計画されましたが、〝今年は野党と与党といっしょにはできない"と言ってきたのです。なぜかというと、野党が多すぎて与野党いっしょでは一堂に会せないというのです。それで野党だけの討論会となりましたが、なんと一三の政党が集まりました。ここに見られるように、「共産党を除く」という体制――自民党側が要求するだけでなく、対応する野党のなかでもそれが支配的な流れとなっていた体制が崩れる、こういう状況で始まったのが九八年だったのです。

こうして、この年には、いろいろな点で野党の共闘がはじまりました。共産党をふくめた野党三党(共産党、民主党、自由党)が内閣不信任決議案をだすとか、いろんな部分問題で共闘するとか、一九八〇年以来一八年間なかったことが起こったのです。そのときに私が外国特派員協会によばれました。その席で、「共産党はいつまでも野党で甘んじているつもりか」との質問が出たのです。私は、「われわれは条件があれば連合政府をつくる用意がある。党の基本目標は民主連合政府だが、緊急の事態で、たとえば今度の選挙で自民党が多数を失い、野党が多数になったような時には、国民の一致できる課題をかかげて共同の内閣をつくることができる」と答えたのです。この問答が共産党の「暫定政権構想」としてメディアでも政界でも大きな反響を呼び、そのなかで、安保反対の政党と安保賛成の政党が共闘できるか、と質問も出たので、私たちは、安保条約への態度を凍結して、当面の国民要求にこたえる一致点で共同するという方針を明らかにしました。

しかし、この時期には、野党のなかから、自民党との連立に鞍替えする動きが出て、問題提起以上の発展なしに終わりました。そして、自民党が、村山政権や橋本政権の時代の社会党との連立ではなく、今度は自由党や公明党との連立で政権を維持するという時期が始まりますが、二〇〇〇年代に入って、「二大政党」で政権を争うのが選挙戦の中心問題で、それ以外の勢力は枠外にはじきだすというキャンペーンが大規模に展開されました。これは、新しい装いで「共産党を除く」体制を復活させようとしたものでした。しかし、この企ても長続きはせず、民主党政権という形での政権交代の失敗で、事実上終わりました。

この数年来の日本共産党の新たな躍進の背景には、こういう歴史的背景があるのです。

一九八〇年の「共産党を除く」の〝原則〟の登場に始まって、それが破綻するまでの三十数年間、日本の国民も政界も、こういうさまざまな経験を経てきました。その歴史を経て、今日、戦争に反対するかつてない規模の国民的な運動が展開され、そのなかから、現在、戦争法廃止という国民的大義のある共通課題が浮かび上がってきているのです。この課題は、こんどの闘争に参加してきた野党なら、だれも手放すわけにはゆかない意味を持っています。この課題に背を向けることは、自身が参加したあの運動を裏切ることになりますから。

そういう条件のなかで私どもの提案は、各界に非常に大きな反響を呼んでいます。政党間の協議というのは、いろいろあって単純に短時日でまとまるものではありませんけれども、多くの党からまじめに受け止められて協議が始まっています。

先ほど話したように、私たちはこれまでにいろいろな政府提案をしてきましたが、その提案が現実の政治を動かす力となり、賛同・支持の声が日々これだけの広がりを見せているのは、今回が初めてです。間違いなく日本の政治は、新しい領域に入ろうとしていると思います。

そういう時期にみなさん方が日本共産党を励ます新しい組織を作ろうとしており、その組織の出発がこういう歴史的な時期におこなわれるのです。日本の国民文化を支える図書館事業の健全な発展のうえで、さらにまた新しい段階を迎えつつある日本の運動の発展のうえで、あなた方の新しい組織の役割は大きいと思います。あなた方が、その役割を力強く果たされることを心からお願いして、私の話を終わりたいと思います。どうもありがとうございました。


（『前衛』二〇一六年二月号）

# 文学についての発言から
## ――マルクス、エンゲルス、レーニン――

一九八一年秋、文学者を主にした民主的な芸術家の研究会でおこなった報告「『唯物論と経験批判論』によせて」から。

『唯物論と経験批判論』の直接の内容ではありませんが、反映論と関連する一つの重要な領域の問題として、文学の問題に、若干ふれてみたいと思います。

文学といっても、文学論の全般をとりあげようというわけではもちろんありません。科学的社会主義の哲学――弁証法的唯物論の認識論である反映論を大きな流れとして頭におきながら、マルクス、エンゲルス、レーニンが文学を論じたいくつかの問題点を、研究してみよう、ということです。

## ジッキンゲン論争

マルクス、エンゲルスには、文学についての専門的な著作はありませんが、その文化や芸術についての発言をまとめた選集として、これは東ドイツで編集されたものですが、『マルクス＝エンゲルス芸術・文学論』（一九六七年、ベルリン）が日本でも四冊本で出ています（一九七四～七五年　大月書店）。

そのなかから、いくつかの発言をえらんで紹介したいと思います。

まず、最初にとりあげたいのは、マルクス、エンゲルスとラサールとのあいだのいわゆる「ジッキンゲン論争」です。ラサールというのは、ドイツの労働運動の創始者の一人となった社会主義者で、ある意味ではマルクスの友人にも弟子にもあたる経歴をもっているのですが、いわば〝不肖の弟子〟で、運動の路線の上では科学的社会主義とは別の道をすすんでしまう。それを正すのに、マルクスやエンゲルスは、ラサールの生前も死後もずいぶん苦労しました。たとえば『ゴータ綱領批判』（マルクス、一八七五年）という論文などは、ドイツの労働運動、社会主義運動のなかのラサール主義的誤りを批判することを直接の主題にした論文でした。

そのラサールが、一八四八～四九年のドイツ革命が敗北に終わって一〇年ほどたった頃ですが、『フランツ・フォン・ジッキンゲン』という戯曲を出版し、マルクスとエンゲルスに送ってその批評を求めたのです（ラサールからマルクスへ　一八五九年三月六日付）。ジッキンゲンというのは、一六世紀のドイツ農民戦争の時代に、諸侯の支配に反対して反乱を起こした騎士―貴族です。ラサールの戯曲は、このジッキンゲンの反乱を題材としたもので、ラサールの意図としては、これは、一八四八～四九年のドイツ革命の総括としての意義をもつはずのものでした。ラサールは、この戯曲をマルクス、エンゲルスに送ったとき、同時に「悲劇的理念についての手記」という覚え書をとどけて、彼の美学について、また自分がこの戯曲でなにを意図したかについて、かなり詳しい解説をやりました。マルクスとエンゲルスは、これを読んで、マルクスは一八五九年四月一九日付で、エンゲルスは五月一八日付で、それぞれ批評の手紙をラサールに書きます。ラサールはその批評に不満で、また、膨大な反論を二人に書いて送ります（五月二七日付）。その反論をみて、マルクスはあきれてサジを投げ、もう返事は書かなかったようです［＊］。

＊　マルクスは、エンゲルスへの手紙（一八五九年六月一〇日付）のなかで、ラサールの反論の手紙を「ばかばかしくこっけいな代物」とよび、「この季節に、しかもこういう世界史的な状態のもとで、こんなことを書きたてるだけの暇があるばかりか、僕たちにもそれを読む暇をひねり出せと言わんばかりの人間がいようとは、いやはや」（古典選書『マルクス、エンゲルス書簡選集・上』二〇一二年　新日本出版社　一六〇～一六一ページ、全集㉙三五一～三五二ページ）と書いています。

マルクス、エンゲルスのラサールへの手紙は、外交的配慮もしながら、同志的忠告の形をとって書かれていますが、ここには、ドイツ革命の総括やドイツ農民戦争の評価についての見解のちがいと同時に、マルクス、エンゲルスとラサールの両者の文学観のちがいも、非常に鮮明に表われていて、その意味で、たいへん面白い論争です（前掲『書簡選集・上』の一四七〜一六一ページに、ラサールの覚え書と手紙を収録）。

一六世紀のドイツ農民戦争の分析から、一八四八年の革命の総括のための教訓をひきだすというのは、それ自体非常に意味ある仕事で、エンゲルスも革命の直後に、『ドイツ農民戦争』（一八五〇年）という著作のなかでやった仕事でした。

エンゲルスは、この著作の冒頭に、「大農民戦争のときからでは三〇〇年の歳月が過ぎ去り、多くのことが変わってしまっているが、しかし農民戦争と今日のわれわれの闘争とはたいしてかけはなれてはいないし、戦うべき敵はおおかたいまなお同じである。一八四八年と四九年にいたるところで裏切った諸階級と階級諸分派は、すでに一五二五年に、もっと低い発展段階においてではあるが、やはり裏切者として見いだされるであろう」（全集⑦三三五ページ）と書き、著作のいたるところで、「一五二五年と一八四八年の二つのドイツ革命とその結末」（同前四二二ページ）がどこに共通点をもち、どこにちがいをもっていたかを、具体的に追求しています。そして、あとでエンゲルスがのべたように、この研究の基本的な観点は、マルクスが発見した史的唯物論にもとづいて、革命のなかでの党派や階級の立場と役割を分析し、それがそれぞれの「階級の社会的生活諸条件の必然的な所産」であることを、明らかにすることでした。

「私の叙述がやろうとしたことは、闘争の歴史的経過についてはその概略をえがくだけにとどめる一方で、次のことを説明しようとするにあった。すなわち、農民戦争の根源、この戦争に登場してくるさまざまな党派の立場、それらの党派が自分の立場をはっきり理解しようとしてつくりだす政治的・宗教的諸理論、おしまいに闘争そのものの結果、これらは、その当時歴史的に存在していた、これらの階級の社会的生活諸条件の必然的な所産であるということである。したがって、ドイツの当時の政治制度、それにたいする反抗、この時代の政治的・宗教的諸理論、これらは、その当時ドイツの農業、工業、水陸交通路、商品および金融取引がおかれていた発展段階の、原因ではなくて結果であるということである」(『ドイツ農民戦争』第二版〈一八七〇年〉への序文、全集⑯三八七〜三八八ページ)。

ここにはラサールが取りあげたジッキンゲンやフッテンも登場してきます。エンゲルスは、ジッキンゲンをドイツ貴族の「軍事的・政治的代表者」、フッテンをその「理論的代表者」として規定し(全集⑦三八一ページ)、彼らの反乱がなぜ敗北せざるをえなかったかを、ドイツ貴族の階級的立場から、みごとに解明しています。

エンゲルスは、そこでジッキンゲンの反乱とその敗北にいたる経過を、つぎのように叙述しています。

「戦いそのものの成行きは、よく知られている。フッテンと、すでに中部ドイツの貴族の政治的・軍事的首領として認められていたジッキンゲンとは、一五二二年に、ランダウにおいて、自衛のためという名目で、ライン、シュヴァーベンおよびフランケンの貴族の六ヵ年期限の同盟をつくりあげた。ジッキンゲンは、一部自分の私財を投じ、一部はまわりの騎士たちと協力して軍隊を集め、フランケン、ライン下流地方、ネーデルランド、ヴェストファーレンで、募兵と援軍の組織をおこなった。そして、一五二二年の九月、トリールの選帝侯兼大司教にたいする私闘宣言をもって戦いの火ぶたをきった。しかし、彼がトリールの前面にとどまっていたあいだに、彼の援軍は、諸侯の急速な進出によって遮断された。そこへもってきて、ヘッセン地方伯とプファルツ選帝侯とがトリール軍を助けにやってきたので、ジッキンゲンは居城のラントシュトゥールへ逃げこまなければならなかった。フッテンやその他の友人たちのあらゆる努力にもかかわらず、同盟にくわわっていた貴族たちは、諸侯の集中したすばやい行動にけおされて、ここで彼を見殺しにした。彼自身は、瀕死の重傷を負い、ついでラントシュトゥールを明け渡し、そのすぐあとに死んだ。フッテンは、しかたなくスイスに逃げ、二、三ヵ月後に、チューリヒ湖のウフナウ島で死んだ。

この敗北と二人の指導者の死をもって、諸侯から独立した一団体としての貴族の力は打ち砕かれた」（同前三八三ページ）。

エンゲルスが、ドイツ農民戦争からひきだした教訓の一つは、ドイツ国内に諸侯の支配に反対する三大勢力（貴族、農民、市民）が形成されたのに、「これらの身分のどれもが、諸関係が国民的発展に与えた方向にさからって行動し、それぞれ自分かってに動き、そのためいっさいの保守的身分とだけでなく、自分以外のすべての反対派身分とも衝突し、こうして結局敗北をこうむらざるをえなかったこと」（同前四二一ページ）でした。一八四八年のドイツ革命でも、封建的＝官僚的絶対主義に反対する諸勢力――ブルジョアジー、プロレタリアート、小市民、農民のあいだで、同じことがくりかえされました。その主要な責任は、なによりもドイツのブルジョアジーの臆病さと裏切りにありましたが、マルクス、エンゲルスは、ここから、労働者階級と農民の同盟という戦略方向を、ひきだしていったのです。

「ドイツの全事態は、プロレタリア革命を農民戦争の再版ともいうべきもので支持できるかどうかにかかるであろう。そうなれば、事態はすばらしいものになる」（マルクスからエンゲルスへ　一八五六年四月一六日　前掲『書簡選集・上』一〇四ページ、全集㉙三九ページ）。

ところが、ラサールが戯曲という形式でおこなったドイツ革命の総括は、まったくちがったものでした。

彼は、自分は、ここで、「すべての行動の、とくに革命的行動の本性に内在する深い弁証法的矛盾」をえがこうとしたのだ、と主張します。ラサールによると、この矛盾とは、革命の「理念の無限の目的」と実行の諸手段の有限性との矛盾であり、その矛盾が、革命の指導者たちを誤った外交的策略に訴えさせたり、「公然と諸原理に訴えて諸原理の革命的な力の赴くにまかせる」ことをためらわせたりするのだというのです。彼は、ここに一六世紀のジッキンゲンの反乱にも、一八四八年のドイツ革命にも共通する「最も深刻な悲劇的葛藤」、革命運動における「定式的な悲劇の理念」をみたのです（ラサール「悲劇理念についての手記」『マルクス＝エンゲルス　芸術・文学論』①一五八〜一六六ページ)。

これがラサールのドイツ革命の総括だとしたら、それは、一八四八年のドイツ革命を敗北にみちびいたブルジョアジーの日和見主義や裏切りについて、その妥協主義の階級的根源を分析して、革命の勝利を保障する戦略的方向を探究するのではなく、すべての問題を革命的理念と妥協的手段との矛盾に解消し、革命の理念や目的に無限の信頼をもて、と、ブルジョアジーその他に説教するだけのことに終わります。ジッキンゲンとは、ラサールが、この自分の主張を歴史の舞台で展開してみせるための、材料でしかなかったのです。

## マルクス、エンゲルスのラサール批判

これにたいして、マルクスとエンゲルスはそれぞれ批判の手紙を書きました。その頃、マルクスはロンドンに、エンゲルスはマンチェスターに住んでいて、二人の手紙のやりとりを見ても、ラサール問題で二人で相談した形跡は見あたらないのですが、さすがマルクスとエンゲルスで、批判した根本見地は、まったく共通のものでした。

マルクスは、まず、ラサールがとりあげた一六世紀の「葛藤」は、「一八四八～四九年の革命党が没落した当然の原因となった悲劇的葛藤」でもあるから、これを近代戯曲の軸点としようとしたことは賛成だと、一応賛意を表明しながら、まず、「扱われたテーマ」、つまり騎士の反乱という題材自体

が「この葛藤をえがくのにふさわしかったかどうか」に、第一の疑問を呈しています。

ラサールは、ジッキンゲンの腹心の家来であるバルタザルに、もしジッキンゲンが、騎士間のいさかいという形で自分の反乱をはじめず、反皇帝の旗印、諸侯への公然たるたたかいの旗印をかかげ、もっと革命の理念を大胆にうちだしてたちあがったら、勝利をえただろうといわせているが、こんな幻想にとてもくみすることはできない。ジッキンゲンの滅亡の原因は、「彼が騎士として、また没落する階級の代表者として……現存するものの新しい形態にたいして反逆した」こと、「一方では自分を近代思想の伝達者としながら、他方では実際には反動的な階級利害を代表した」ことに求めなければならなかった。反皇帝の旗のもとに、諸都市と農民に呼びかけるという革命的な方法をとることは、ジッキンゲンが自分の階級である「騎士階級」を否定しないかぎりできないことだった――これがマルクスの批判でした（マルクスからラサールへ　一八五九年四月一九日　前掲『書簡選集』一四八～一四九ページ、全集㉙四六二～四六三ページ）。

エンゲルスはもっと詳細に、同じ批判を展開しています。彼は、「貴族の国民的革命の遂行は、……都市および農民との、とくに後者との同盟によってのみ可能」だったが、農民の抑圧によって得られる収入に依存していた「当時の帝国直属の貴族の大多数は、農民と同盟を結ぶことなど、考えてもいなかった」と指摘し、悲劇的モメントはどこにあったかについて、つぎのように書きました。

「この根本条件である農民との同盟が不可能であったこと、それゆえに貴族の政策は必然的に矮小にならざるをえなかったこと、貴族が国民運動の先頭に立とうとしたその瞬間に、国民大衆、すなわち農民が貴族の指導に反抗し、そこで貴族は没落せざるをえなかったこと、この点に私の見解ではまさに悲劇的契機があるのです」（エンゲルスからラサールへ　五九年五月一八日の手紙　同前『書簡選集』一五八ページ、全集㉙四七四ページ）。

この点は、エンゲルスがすでに『ドイツ農民戦争』で的確に分析ずみのことでした。

「当時のドイツでも、運動は、すべての反対党派の同盟、とくに貴族と農民との同盟によってのみ遂行することができたのであった。ところが、まさにこの同盟が、どちらの場合にも不可能なのであった。貴族は、彼の政治的特権と農民にたいする封建的権利をどうしても捨てなければならないような事情にせまられてはいなかったし、また革命的な農民たちも、一般的な漠然たる見込みをたよりに、まさに彼らをもっともしいたげてきた身分である貴族と同盟を結ぶことはできなかった」。

「その後〔ジッキンゲンの敗北後――不破〕まもなく起こった農民戦争は、ますます彼ら〔貴族〕が直接間接に諸侯の庇護を求めなければならないようにしたと同時に、ドイツの貴族が、解放されない農民たちとの公然たる同盟によって諸侯と坊主を倒すよりは、むしろ諸侯の高権のもとで農民をひきつづき搾取するほうを選んだことを、証明したのであった」（全集⑦三八二、三八三ページ）。

そこから二人とも、ラサールが、闘争の主役として貴族だけに目をうばわれ、平民的要素、とくに農民運動を軽視したことを、大きな欠陥として指摘しました。

「革命の貴族的代表者たちは……君の作品にえがかれているように、すべての利益を汲みあげるわけにはいかないのであって、農民（とくにこれ）と都市の革命的分子の代表者たちが非常に重大な積極的背景をなさなければならなかったのだ」「君自身がいわば君のえがいたフランツ・フォン・ジッキンゲンのように、ルター的‐騎士的反抗を庶民的‐ミュンツァー的反抗以上に評価するという駆引き上の誤りに陥ってはいないだろうか？」（マルクス、前掲『書簡選集』一四九、一五〇ページ、全集㉙四六三〜四六四ページ）。

「あなたがそれ相当の力点を置いていないように私には思われますのは、公的でない要素、つまり庶民的、農民的要素と、それらと並行する理論的表現です。農民の運動はそれなりに同じく国民的なものであり、貴族の運動と同じく諸侯に向けられていました。この運動はたたかいに破れたが、そのたたかいの巨大な規模は、貴族たちがジッキンゲンを見殺しにしながら阿諛追従《あゆついしょう》という、彼らの歴史使命を甘受していった軽薄さにくらべれば、たいへんいちじるしい対照をなしております」（エンゲルス、同前『書簡選集』一五七ページ、全集㉙四七三ページ）。

マルクスもエンゲルスも、史的唯物論の立場からのドイツ社会と諸階級の運動のリアルで科学的な把握を、当然の前提として議論しています。ドイツの農民戦争や貴族の反乱を主題とする場合、その「社会的存在」をできるだけ正確に認識する、そのなかから政治的・経済的な発展の客観的な論理をとらえ、そこに客観的に実在する悲劇的な契機を、形象化する。こういう観点が二人のラサール批判の根本的な立脚点となっています。ですから、マルクスもエンゲルスも、歴史のとらえ方についての批判にくわえて、芸術的な方法についても、簡潔ではあるが、核心をついた批判をおこなっています。

マルクスは、農民と都市の革命的分子をもっとえがくべきだとのべたのにつづけて、「そうすれば君はおのずともっとシェークスピア風にしなければならなくなっていただろう。これにたいして僕はシラー風、つまり個人を時代精神のたんなるメガフォンにしてしまうやり方は君の最大の欠点だと思う」(同前『選集』一四九〜一五〇ページ、全集㉙四六三ページ)と書きました。エンゲルスも、農民運動の重要性を強調しながら、「あなたの戯曲観は、……私にはいささか抽象的にすぎ、十分にリアリスティックでないように思われますが、このあなたの戯曲観にとっても、だから農民の運動は、もっと詳細に立ち入って扱うにふさわしいのではないでしょうか。……理念的なもののために現実的なものを忘れず、シラーのためにシェークスピアを忘れずという私の戯曲観からすれば、あのようにすばらしく多彩な当時の庶民的社会圏をとり入れていたならば、戯曲を生気溌剌とさせるためのもう一つまったく別の素材が、舞台の前面で演じられている貴族の国民運動にとってこのうえなく貴重な背景が得られ、この運動自体もそこではじめて正しく解釈されることになったでしょう」(同前『選集』一五七ページ、全集㉙四七三ページ)と書いています。

ラサールはこうした批判にたいへん不満で、マルクスとエンゲルスの二人にあてて、長文の反論(一八五九年五月二七日の手紙)を書くのですが、この反論には、政治の上でも文学の上でも観念的な彼の弱点が、いっそう鮮明に表われています。

その反論の第一は、自分のえがいた悲劇が革命運動の永遠の悲劇の定式化であることを、より以上に力説することです。

「あの悲劇的衝突が一つの公式的な衝突であって、……ある特定の革命に特殊固有のものではなく、過去および未来のあらゆる、と言って言いすぎなら、ほとんどあらゆる革命の場合にたえず繰りかえされる（克服されたり克服されなかったりする）衝突であるということ、一言でいえば、それは革命的情勢そのものの悲劇的衝突であって、一八四八―四九年にも見られ、一七九二年等々にも見られたものだ。……だからこの衝突は、大小の度合の差はあっても、革命的情勢にさいしてはかならず存在するのだ」（『マルクス＝エンゲルス　芸術・文学論』①一七八ページ）。

反論の第二は、ラサールが、いろいろな潮流の根底に横たわる階級的な利害や論理を史的唯物論にもとづいて分析すること自体に反対し、これは、個人の役割を否定する、「ヘーゲル流の構成的歴史観」だときめつけていることです。

「こういう批判的哲学的歴史観では、鉄のような必然性が必然性にからんで、まさにそのゆえに、個人的な決意と行動のはたらきを跳びこえ、これを消してしまうから、まさにそれゆえにこういう歴史観は、実際の革命的行動の基盤にもならないし、想像上の劇的行為の基盤にもならぬものである。

実際の革命行動と想像上の劇的行為との両者にとって不可欠の基盤はむしろ、個人的な決意と行動が変革的で決定的な働きをもつという前提であって、この基盤を抜きにしては、劇的な燃えるような関心も、大胆不敵な行為もおよそ不可能である」（同前一八〇ページ）。

だから、歴史が実際にそうであったとしても、戯曲ではそういう歴史的必然性にとらわれる必要はない、というのです。そこから、戯曲は、歴史上の素材を扱っても、歴史的事実の正確な反映である必要はない、というラサールの芸術の方法についての反論――第三の反論が出てきます。「あの悲劇的衝突」は、あらゆる革命に共通する「一つの公式的な衝突」なのだから、「かりに一五二二年には、こういう衝突が特別重大な意味をもっていなかったと仮定しても、それが当時の革命的情勢に付与されてもいっこうさしつかえはない」（同前一七八ページ）。「歴史の規定をうけた個人ジッキンゲン」が、マルクス、エンゲルスのいうように、「階級人としてふるまい、この方向をとるにいたったであろう」ということを認めたとしても、「個人が絶対に必然的にそうなるというものではない」。だから、戯曲のうえで、ジッキンゲンに別の姿勢をあたえることは「許される」（同前一八六〜一八七ページ）。

非常に特徴的なことは、ラサールがこういう立場を定式化して、戯曲は、観客に「美的錯覚」を起こさせることができればそれでよいのだとのべていることです。

「戯曲の中心問題は批判哲学的真理などではなくて、――美的錯覚とまことらしさなのだ。ジッキンゲンが滅びたのは、ひとえに、彼が例の衝突を克服できず、革命的行動への時宜にかなった決断をなしえなかったことによるのだとする、僕の形式上の悲劇理念が、この戯曲とこの戯曲のなかで真実らしい姿をあたえられた状況とを貫きとおしていて」、バルタザルのような鋭敏な頭脳をもつ登場人物にとって、ジッキンゲンが革命的な呼びかけをすれば、革命が勝利できたと錯覚することが無理でないとしたら、「この錯覚は観客にとってはなおさら可能であると言わなければならない。そしてこの美的錯覚こそが肝要なのだ。――戯曲というものは批判哲学的な歴史書とはちがうのである」(同前一八一ページ)。

彼は、この「美的錯覚」という言葉が余程気にいったらしくて、そのあとも何回もこれをくりかえしています。結局、ラサールの戯曲観は、歴史的事実がどうであろうが、彼がテーマとしたものを、登場人物にになわせて、観客がそれを本当らしいとうけとってくれればよい、「錯覚」でいいから、ラサールの見解をうけいれてくれればよい、ということで、極端にいえば、戯曲とは、特定の見解による政治的煽動のための手段にすぎないことになります。マルクスが、「個人を時代精神のたんなるメガフォンにしてしまう」手法と評したのは、まさに、ラサールの戯曲観の核心をついた批判でした。

ここには、リアリズムを否定する文学観の一つの典型が表われていますが、文学が読者や観客をとらえる真の説得力は、それが歴史的な現実の客観的な論理を的確にとらえ、これを芸術的に形象化しえたときにこそ発揮されるもので、読者や観客に「美的錯覚」を生みだすことだけを意図した人為的構成物からは、長つづきする「錯覚」さえ生みだしえないことは、ここではあらためていうまでもないことでしょう。

この論争は、さきに紹介した『マルクス＝エンゲルス　芸術・文学論』の第一巻に、ラサールの覚え書や手紙もふくめ全文おさめられていて、文学の専門の方が読むと、もっと豊かな内容を必ずくみとれると思いますが、同じように、一六世紀のドイツ農民戦争を、現在のドイツ革命への教訓という今日的な問題意識をもって題材にとりあげても、マルクス、エンゲルスがとった立場とラサールがとった立場とのあいだには根本的な分岐があること、それは革命路線のちがいだけでなく、戯曲観、よりひろくいえば芸術・文学論のうえでのちがいを明確に表わしていたことは、以上の簡単な紹介でも理解していただけると思います。

なお、ここでもう一点つけくわえたいのは、マルクス、エンゲルスが、自分たちの戯曲観を体現した作家として、期せずしてシェイクスピアをあげていることです。

実際、マルクスとエンゲルスは、シェイクスピアを非常に高く評価していて、私もあらためて調べ直しておどろいたのですけれども、マルクスやエンゲルスの論文や著作には、思わぬところにシェイクスピアからの引用が、ときにはもじりの形で、ときには正確な引用として登場してくる。たとえば、レーニンが『国家と革命』などにも引用しているマルクスの国家論の一節に、ルイ・ボナパルトのクーデター以後、フランスにおける中央集権的な国家機構の完成を準備することを論じた、つぎのような皮肉な文章があります。革命が「執行権力を完成し」、自分の破壊力をことごとく執行権力に集中できるようにしたとき、「ヨーロッパは席からとびあがって歓呼するであろう。しっかり掘りかえしたぞ、老いたもぐらよ！　と」（「ルイ・ボナパルトのブリュメール十八日」、全集⑧一九二ページ）。私は、これまでこの「老いたもぐらよ」という歓呼の声を何となく読みすごしてきたのですが、最近、全集の注で、これがシェイクスピアのハムレットのせりふだと知って、おどろきました。『資本論』でも、貨幣が〝徹底した水平派〟として諸商品のあらゆる質的区別を消し去ることの例証にシェイクスピアの戯曲『アセンズのタイモン』が引用されたり（『資本論』新日本新書版①二二一～二二四ページ、全集㉓a一七二～一七三ページ）、『ヴェニスの商人』の高利貸シャイロックが「機械と大工業」の章に登場して、財産と自分の生命を同一視するせりふをのべたりします（同前③八四〇ページ、全集㉓a六三六ページ）。こういった調子で、マルクスやエンゲルスの文章には、いたるところに、文学者が登場していますし、おそらく当時の読者は、特別の注などなくても、あ、これはシェイクスピアのせりふだとか、これはゲーテのもじりだとか、のみこんで読んでいたのでしょう［＊］。

＊ マルクスとその一家にとってシェイクスピアがどんな意味をもっていたかを語る、友人や家族の証言を紹介しておきましょう。

「マルクスは純粋で正確な表現を特別に重んじた。彼は毎日といってよいくらいゲーテ、レッシング、シェイクスピア、ダンテ、セルバンテスを読んでいたが、彼は彼らを最高の師匠としてえらんだ」「〔ピクニックの帰りの〕行進中……文学や芸術のことはよく話題にのぼった。そうなるとマルクスには、とほうもない記憶力を発揮する好機が到来したというものだ。彼は『神曲』をほとんど全部暗誦できたが、そのなかでも長い節を朗誦した。それからシェイクスピアのいくつかの場面も。そのときには、これもすぐれたシェイクスピア通の彼の妻が、彼とかわることもあった」（リープクネヒト「カール・マルクス追憶」、『モールと将軍』1　国民文庫版　六一、一〇三～一〇四ページ）。

「モール〔マルクス〕は子どもたちに読んできかせもしました。姉たちに読んできかせたように、私にも、ホメロス全部、『ニーベルンゲンの歌』、『グートルン』、『ドン・キホーテ』、『千一夜物語』を読んでくれました。シェイクスピアはわが家の聖書でした。六歳で私はもうシェイクスピアの全場面をそらでおぼえました」（エリナ・マルクス－エーヴリング「父マルクスの思い出」同前二四八ページ）。

「〔マルクスは〕アイスキュロスとシェイクスピアとを、人類の生んだ最も偉大な劇作の両天才として尊敬した。無限の尊敬をささげたシェイクスピアを、彼は最も徹底的な研究の対象にした。彼はシェイクスピアの劇中の最もつまらない端役でも知っていた。一家こぞってこの偉大なイギリスの劇作家をほんとうに崇拝していた。彼の三人の娘たちはシェイクスピアを暗記していた。一八四八年のあとに、それ以前にもすでに読むことのできた英語の力を完璧にしたいと考えたときには、シェイクスピアに固有な表現は全部さがしだしてこれを分類した」（ポール・ラファルグ「カール・マルクス　個人的な思い出」『モールと将軍』2　二九七～二九八ページ）。

マルクスは、「あなたの好きな詩人」は？　という娘たちの質問に「シェイクスピア、アイスキュロス、ゲーテ」と答えています（マルクス「告白」、同前五五三ページ）。なお、同じ質問にたいするエンゲルスの答えは、「ライネケ狐、シェイクスピア、アリオストなど」でした（エンゲルス「告白」　同前五五五ページ）。

## バルザックとトルストイ

つぎに紹介したいのは、エンゲルスのバルザック論です。マーガレット・ハークネスという、イギリスの女流作家で、労働者の生活をえがいた短篇をかなり書き、社会主義的な雑誌『ジャスティス』の寄稿家でもあった人ですが、エンゲルスがこの人に書いた手紙（一八八八年四月初）のなかで、バルザック論を展開しているのです。エンゲルスは、この手紙のなかで、ハークネスが書いた小説『都会の娘』をリアリズムという見地から批評し、「リアリズムとは、私の考えでは、細部の真実さのほかに、典型的な状況のもとでの典型的性格の忠実な再現という意味をもっています」という有名な言葉をのべるとともに、彼女の作品が、「十二分にリアリスティックでない」こと、とくに労働者階級を、しいたげられるだけの「受身の大衆」としてえがくにとどまっていることに、中心的な欠陥があると指摘しました。エンゲルスによれば、抑圧的な環境に反対し、人間としての立場を回復しようとする労働者階級の試みは、「歴史の一部」をなすものであって、リアリズムの分野でも、「一つの場を要求」しているのです。（前掲『書簡選集』下六四～六五ページ、全集㊲三五～三六ページ）。

これは、エンゲルスが、未来をになう階級の闘争をえがくことを、現代のリアリズムの重要問題とみなしていたことをしめしている点で、たいへん注目すべき批評ですが、私がここでとくに紹介したいのは、それにつづくバルザック論です。

エンゲルスは、自分のこういう批評は、作者の社会的・政治的見解をむきだしの形でのべてみせる「社会主義小説」を求めているものではないとことわって、「作者の諸見解がかくされていればいるほど、それだけ芸術作品にとってはよい」、「私の言うリアリズムとは、作者の見解がどうあろうとも、それにかかわらずふっと表面に出てくることがあるもの」だとのべ、その実例として、「私が過去、現在、未来のすべてのゾラ［*］たちよりもはるかに偉大なリアリズムの大家と考えるバルザック」をあげました。

**＊　ゾラ、エミル**（一八四〇～一九〇二）　フランスの作家、晩年、ドレフュス事件で活躍した。

エンゲルスによれば、バルザックの『人間喜劇』は、一八一六年から一八四八年までの期間の「台頭するブルジョアジーの貴族社会への侵入」の描写を中心に、「フランス社会の完全な歴史」をとりまとめたものです。

エンゲルスは、自分はバルザックの作品から、「経済的なこまかいこと（たとえば革命後の不動産や動産の再整理）においてさえ、当時の本職の歴史家や経済学者や統計学者すべてをひっくるめたものからよりも多くを学びました」（同前『選集』六五ページ、全集㊲三六～三七ページ）と書いています。

エンゲルスは、その数年前にも病床からマルクスの娘のラウラ・ラファルグに送った手紙（一八八三年一二月一三日）のなかで、ほぼ同じことを書いていました。

「僕は床のなかではバルザックの小説以外にはほとんどなにも読んでいません。そしてこのすばらしい爺さんの作品を心から楽しみました。ここには一八一五年から一八四八年にかけてのフランスの歴史が、ヴォラベルやカプフィーグ、ルイ・ブラン〔三人ともフランスの歴史家——不破〕、その他大勢を全部合わせたよりもはるかによく描かれている。それに、なんという大胆さ！　なんとみごとな革命的弁証法が彼の文学的な裁きに感じられることだろう！」（全集㊱六七ページ）

こういう評価はマルクスにも共通するもので、『資本論』でも、「あらゆる色合いの貪欲を徹底的に研究したバルザック」が、彼のえがいた老高利貸のゴプセックとともに、「資本の蓄積過程」に登場したり（『資本論』④一〇〇九ページ、全集㉓b七六七ページ）、資本主義社会では、「非資本主義的生産者もまた資本主義的観念によって支配されている」実例として、バルザックがえがいた小農民の心理が紹介され、「およそ現実的諸関係の深い把握によって傑出しているバルザック」と、そのリアリズムへの称賛が書きこまれたりしています（『資本論』⑧六六ページ、全集㉕a四八ページ）。

このように、マルクスもエンゲルスも、バルザックにたいして、この作品に、彼が生きた世界の「社会的存在」を正確かつ深刻に反映したリアリストとして、たいへん高い評価をあたえました。

重要なことは、エンゲルスが、ハークネスへの手紙のなかで、バルザックのリアリズムのこうした評価にとどまらず、そのことと彼の世界観との関係を論じていることです。

「たしかにバルザックは、政治上は正統王朝派でした。彼の偉大な作品は、上流社会の二度ともどることのない凋落に関する一貫した挽歌でした。彼の同情はすべて、消滅の運命にあった階級に寄せられていました。しかしそれにもかかわらず、彼がいちばん深く同情している男女——貴族

――を彼が行動させる場合よりも、彼の風刺が鋭く、皮肉が苦いことはけっしてありません。そして彼がいつもあからさまに褒めそやして語っている唯一の人物は、彼の政治上の宿敵、サン－メリ修道院の共和派の英雄たち〔一八三二年のパリの蜂起のこと――不破〕、その当時（一八三〇～一八三六年）、実際に人民大衆の代表者だった人々です。このようにバルザックが彼自身の階級的共感や政治的先入観に反して行動せざるをえなかったこと、彼が自分のお気に入りの貴族の没落の必然性を見て、彼らをよりよい運命にふさわしくない人々としてえがいたこと、彼がほんとうの未来の人々を、当時にあってはそこでしか見いだされないという場所で見てとったこと――これを私はリアリズムの最大の勝利のひとつ、老バルザックの最大の特徴のひとつと考えます」（前掲『選集』六五～六六ページ、全集㊲三七ページ）。

この文章は、戦前、プロレタリア文学運動の解体させられた時期に、一部の人びとによって、世界観はどうであっても、現実をリアルに反映すればよい、という形で、階級的立場の放棄（〝転向〟・変節）を合理化する弁護論に援用されたことがあったようですが［＊］、エンゲルスの文章を正確に読むならば、こうした援用がまったく皮相で意図的な誤読であることは、ただちに理解されます。バルザックは、政治上は正統王朝派であったし、階級的共感は、没落の運命にある階級――貴族階級によせていましたが、エンゲルスがバルザックの偉大なリアリズムと評価したのは、彼が、その立場から、貴族社会への侵入者であるブルジョア階級のどん欲をリアルに批判し糾弾したというだけでなく（このことは、彼の政治的・階級的立場とも合致していました）、彼が同情をよせている貴族階級や、その政治上の敵である人民大衆の代表者をえがく場合にも、彼自身の世界観――「階級的共感や政治的先入観」に反して、没落する階級を没落すべきものとして、また未来をになう人びとを、そういう価値あるものとして、正確にえがきだしたことでした。これは、世界観はどうでもよい、ということではけっしてありません。エンゲルスが、バルザックがその芸術活動において世界観に反して行動していたことを強調しているのは、たいへん重要だと思います。これは、現実の事情の深い把握を、自分の階級的心情に優先させた「偉大なリアリスト」にしてはじめてできたことでした。正しい世界観をもち、真に未来をになう階級に階級的共感をよせる人びとだったら、「社会的存在」を正確に反映する点で、自らの世界観に反して行動する苦労を必要としないはずであります。ましてやいったん到達した科学的世界観を放棄し、そのことを合理化する立場で、「社会的存在」のリアルな反映など実現できるものでないことは、明々白々です。

＊　こうした傾向への批判的指摘は、当時、宮本百合子によって鋭くおこなわれました。

「『人間喜劇』の作者が、エンゲルスによってその政治的見解いかんにかかわらず『フランス社会の全歴史をまとめ』た『過去現在未来のあらゆるゾラ』を凌《しの》ぐリアリスト芸術家とされていることは、一連の人々にとって、さながら彼等自身が、今日このように自明な歴史的段階を否定し無視し、文学から階級性を追放しようと欲する心持までを、エンゲルスの卓見によって庇護《ひご》され得るかのような幻想を抱かせたのである」（「バルザックに対する評価」一九三四年『宮本百合子全集』第12巻七七ページ）。

「この実際の事情〔プロレタリア文学運動の解体後におこった日本文学全般の後退と混乱、文芸思潮の不在といった事情――不破〕は、文芸復興を提唱した一群の作家たちにいい作品を生むためには先《ま》ず古典を摂取せよという第二の声を起させた。作家の間にバルザック、ドストイェフスキー、スタンダールなどの読み直しが流行したのであったが、この古典の読み直しに際しても所謂《いわゆる》新しいリアリズムの解釈法が附きまとって、例えば、バルザックについての目安は、このフランスの大作家が王党であったにも拘《かかわ》らず小説に描いた現実は当時のフランスの歴史を進歩の方向で反映している、即ち作家の社会的見解などにかかわらず、小説はそのものとして進歩的なものであると云う文芸復興提唱者たちの日頃の持論を裏づけるところに置かれた。歴史的な生活感情の相異に対する敏感さを欠いた古典のかような味い方が、当時の古典流行から何一つこれぞという文学上の収穫をもたらさなかったことは、むしろ当然というべきではないだろうか」(「昭和の十四年間」一九四〇年、第14巻二二六ページ)。

宮本百合子は、のちに、一九四三年から四五年にかけてバルザックをふたたび集中的に読み、あらためてその偉大さを再評価するとともに、自身の今後の創作にとっても多くのものをバルザックから学びとっています(『獄中への手紙』、一九四三年一一月一八日、二二日、一二月二五日、一九四四年一月九日、二月一三日、一一月一九日、一九四五年七月三〇日など)。

世界観とリアリズムという関係で、バルザックと対照的なのは、レーニンが分析したトルストイです。レーニンがトルストイについて論じた文章は、かなりありますが、最初のまとまったものは、ボリシェビキの中央機関紙『プロレタリー』に書いた論文「ロシア革命の鏡としてのレフ・トルストイ」(一九〇八年、レーニン全集⑮)でした。レーニンは、トルストイを、「十九世紀の最後の三分の一」の時代の「ロシアの生活の比類ない画像」を提供した作家として、高く評価しましたが、トルストイにはそういう積極面と同時に、いわゆる「トルストイ主義」という言葉に表現されるような、宗教的反動とも結びついた否定面があることを、指摘します。

「トルストイの作品、見解、教えにおける、またその流派における矛盾は実際はなはだしい。一方では、ロシアの生活の比類ない画像を提供したばかりでなく、世界文学の第一級の作品を提供した天才的な芸術家。他方では、キリストにつかれた地主。一方では、社会的な虚偽といつわりにたいするすばらしく力強い、直接的で心からの抗議、他方では、『トルストイ主義者』、すなわち公衆の面前で自分の胸をたたきながら『私は醜悪だ、私は穢《けが》らわしい、しかし私は道徳的自己完成に従っている、私はもう肉を食わず、いまは揚餅《あげもち》を食っている』と言っている、ロシア・インテリゲンツィアと呼ばれる、生活につかれたヒステリックな意気地なし。一方では、資本主義的搾取の仮借のない批判、政府の暴力、裁判と国家行政の茶番劇の暴露、富の増大や文明の成果と労働者大衆の貧困、野性化および苦悩の増大とのきわめて深刻な矛盾の暴露。他方では、暴力による『悪にたいする無抵抗』の神がかり的説教。一方では、このうえなくきびしいレアリズム、ありとあらゆる仮面の剥奪、他方では、およそこの世に存在するもののなかでもっとも忌まわしいものの一つである宗教の説教、官職による僧侶をのぞいて道徳的信念にもとづく僧侶をおこうとする努力、すなわちもっとも洗練された、したがってとくに嫌悪すべき坊主主義の培養」（全集⑮一九〇ページ）。

レーニンは、この矛盾をただトルストイの良い面、悪い面と見たり、トルストイの個人的な欠陥として片づけたりしないで、トルストイのこの矛盾のなかに、家父長制的なロシアの農村のもとで、せまりくる資本主義によって、大衆の零落と土地喪失の危険にさらされている幾百千万のロシア農民――封建的圧迫と資本主義的搾取の二重の抑圧をうけながら積極的な活路を見出せないでいる農民の気分の表現を見たのです。

「トルストイは、ロシアにおけるブルジョア革命の開始期に幾百千万のロシア農民のあいだに形づくられた思想と気分の表現者としては偉大である。……トルストイの見解にある矛盾は、この見地からすれば、わが革命における農民の歴史的活動がそのもとにおかれていた矛盾にみちた諸条件の真の鏡である」（同前一九一ページ）。

ここで興味深いのは、バルザックは、エンゲルスがいうように、その文学作品において自身の世界観に反して行動したのですが、トルストイは、幾百千万のロシアの農民の思想と気分を反映した世界観をもち、その世界観が、「ロシア革命の鏡」として彼の作品のリアリズムをささえたことを、レーニンが指摘している点です。だから、バルザックは政治上正統王朝派的な見解にたちながら、未来をになう革命勢力についても、その世界観に逆らってしかるべくえがきだすことができましたが、トルストイは、その農民的世界観に支配されて、農奴制的圧迫や資本主義的搾取を糾弾する告発者としては「驚くべき力」を発揮し、「熱烈な抗議者、熱心な摘発者、偉大な批判者」でありましたが、「ロシアにおそいかかった危機の原因」と「この危機から脱出する手段」、つまり革命的闘争の問題については、「家父長制的な、素朴な農民にしかもちまえでない無理解」から最後までぬけだしえませんでした（「エリ・エヌ・トルストイ」一九一〇年、全集⑯三四一、三四三ページ）。

「社会的存在」を芸術作品が反映するという場合も、その過程はけっして一様ではなく、その作家の世界観が「反映」の仕方をどう制約するかという問題も、たいへん個性的だということを、トルストイとバルザックの二つの例は教えていると思います。それは、論じたエンゲルスとレーニンの側のちがいではなく（もちろん、論じる側にもそれぞれの特色が現われるのは当然ですが）、やはり、なによりもまずトルストイとバルザックの側のちがいだということ、リアリズムと一口にいっても、バルザックの反映の仕方、トルストイの反映の仕方、それぞれ非常に個性的な独自のものがあること、それを、それぞれなりに、エンゲルスやレーニンが、科学的社会主義の立場で分析し、総括していることに注目したいと思います。

## レーニンのゴーリキーへの手紙

最後に、レーニンが十月革命後にゴーリキーにあてた手紙（一九一九年七月三一日、全集㉟）をとりあげてみたいと思います。レーニンは、ゴーリキーとのあいだで、一九〇七年以来たいへん親密に手紙のやりとりをしていました。全集におさめられている手紙や電報だけでも、その数は一九二一年まで五十数通にのぼります。

そのなかから、私がとくにこの手紙をとりあげたのは、ここには、芸術作品への「社会的存在」の反映の仕方という問題で、一つの重要な問題がふくまれていると思ったからです。

ゴーリキーという人は、ロシアが生んだ偉大な革命文学者で、文学活動のうえでは非常に大きな役割を果たしましたが、レーニンが、第一次世界大戦中のある手紙のなかで、「ゴーリキーは、政治のうえではいつもはなはだしく無定見で、感情や気分にながされている」（ア・シリャプニコフへ　一九一六年九月～一〇月　全集㉟二四三ページ）といったように、政治問題では、たえず誤りや動揺をくりかえしました。

ゴーリキーにあてたレーニンの手紙などをずっと読んでみますと、本当に、毎年のように大きなまちがいをやってレーニンに批判されていることがわかります。

一九〇八～九年。ゴーリキーが哲学のうえでマッハ主義におちこみ、ボグダーノフの同調者となって、それでレーニンに、あなたは「新しい分派中のもっともしっかりした分派主義者」だと批評されたりしています（ゴーリキーへの手紙　一九〇九年一一月一六日、全集㉞四五六ページ）。

一九〇九～一〇年。ゴーリキーは政治のうえでも、ボグダーノフに同調して召還主義の立場をとります。「エム・ゴーリキーは、マッハ主義と召還主義に共感をよせているにもかかわらず、プロレタリア芸術における巨大なプラスである」（レーニン「政論家の覚え書」一九一〇年、全集⑯二一〇ページ）。

一九一〇年。解党派やエス・エル、左派自由主義者などがごっちゃになって『ソヴレメンニク』という雑誌をつくろうとしたとき、それに関係をもって、レーニンの批判をうけました。レーニンは、この「政治経済総合雑誌」は、「マッハ主義者＝召還主義者の特殊な分派の何層倍も悪いしろもの」だといって、これと手をきることをゴーリキーに忠告しました（一九一〇年一一月二二日付の手紙　全集㉞四九三ページ）。

一九一一～一二年。レーニンが解党派メンシェビキと手を切って、ボリシェビキ党建設への道をすすんでいたとき、ゴーリキーは「メンシェビキとの統合」を計画し、そのための会合まで用意して、レーニンをおどろかせました（ゴーリキーへ　一九一一年五月二七日付の手紙　全集㉞五〇八ページ）。ゴーリキーは、レーニンたちがプラハ会議で独自のボリシェビキ党の建設に成功したのちにおいても、解党派などとの闘争の意味を理解せず、「君たちはみなけんか屋だ」などと論評して、レーニンにたしなめられています（一九一二年八月一日付の手紙　全集㉟三六ページ）。

一九一三年。ドストエフスキーを論じた論文で、「神々はさがすものではなく――つくりだされるものである」と書き、その創神主義が、レーニンのきびしい批判の対象となりました（ゴーリキーへ一九一三年一一月中旬の手紙　同前一一八～一二二ページ）。

一九一四年。第一次世界大戦が始まったとき、ツァーリ・ロシアの戦争を弁護して一連の文化人、芸術家が共同してだした呼びかけ「作家、画家および俳優から」に、ゴーリキーも署名しました。「ドイツの蛮行にたいする排外主義的＝僧侶的な抗議にペ・ストルーヴェの署名とならんでゴーリキーの署名があるのを読めば、自覚した労働者はだれしも心に痛みをおぼえるだろう」（レーニン「『鷹の歌』の作者へ」一九一四年、全集㊶四三〇ページ）。

一九一六〜一七年。レーニンが、ロシアで『帝国主義論』の出版を計画したとき、その発行人となったのはゴーリキーでした。ところが、ゴーリキーの出版社は、レーニンがカウツキーを痛烈に批判していることに不満で、そういう部分の削除を求めました。そのために結局、『帝国主義論』は、カウツキー批判のかなりの部分を削除した不完全な形で出版せざるをえませんでした。「出版者（ゴーリキー）は、おそらく、俗物連中の『その場かぎりの』忠告を聞いているのですからね。どうにもしようがありません」（レーニンからポクロフスキーへ　一九一七年一月三日の手紙　全集㊸七五六ページ）。

一九一七年。二月革命が始まると、ゴーリキーが臨時政府を支持して政府にあいさつをおくったということが、そのかなり詳細な内容とともに、レーニンが亡命していたスイスでも報道されました。レーニンは、「遠方からの手紙」のなかで、「徹頭徹尾流行の俗物的偏見に貫かれたこの手紙を読むと、悲しくなってくる」と書き、「すばらしい芸術的才能」をもち「世界のプロレタリア運動に多くの貢献」をしたゴーリキー《ゴーリキー》が、「いったいなんのために政治にたずさわるのか」と、その政治的な誤りをきびしく指摘しました（全集㉓三六八ページ）。この点については、ゴーリキーは十数年後のある手紙でそういう発言をした覚えはないと釈明しています。

こういう歴史がしめしているように、ゴーリキーは、政治的な問題にも、社会科学的な見方にも、けっしてつよくなく、革命の成功にいたるまで、さらに革命後も、しばしばいろいろな誤りにおちこみます。レーニンは、ゴーリキーがそういうまちがいをするたびに、多くの場合、手紙で率直に批判や忠告をおこない、彼がその誤った道を決定的なところまでつきすすまず、早く正しい道にたちもどるように援助を惜しみませんでした。そういうことを頭において、これから紹介する一九一九年の手紙を読んでもらうと、その内容が背景とともによくわかると思います。

ゴーリキーは、このとき、革命の中心地である首都ペトログラードにいるのですが、ペトログラードは革命の中心であるだけに、反革命の攻撃ももっとも激しく、飢餓や生活危機、一部の知識層の不満と動揺など、革命の困難な側面も、もっとも集中的な形で現われたところでした。私は、ゴーリキーがレーニンに送った手紙の内容は読んでいませんが、レーニンが引用しているところから判断しても、革命の現状と前途にも、その推進力である労働者や共産党員にたいしても不信をいだいた「病的な」手紙であったことは、まちがいないでしょう。

レーニンは、「この手紙もあなたの結論も、またあなたの印象全体もまったく病的だという確信」にたっしたことをまず率直にいい、なぜそうなるのかについて、レーニンの考えるところを、親切に説明しています。

「ピーテル〔ペトログラード〕は、最近のもっとも病的な地点の一つです、それはわかりきったことです。というのは、その住民がだれよりも重荷を負い、その労働者が最良の人材をだれよりも多くささげ、飢餓がひどく、軍事上の危険もそうであったからです。あなたの神経では明らかに耐えきれないのです。それは別に不思議ではありません」。

「あなたははじめは赤痢とコレラのことを言っていますが、急になにか病的な憤激のようなものが現れます。『友愛』とか『平等』とか。意識して言ったわけではないでしょうが、包囲された都市の窮乏、貧苦、病気の責任は共産主義にあるというような結論になります!!」(全集㉟四四六ページ)

レーニンはまた、ゴーリキーがおかれている特殊な環境として、革命に敵意をいだいたブルジョア・インテリゲンツィアに毎日何十人となく「応待」せざるをえない状況をあげています。そこから、ゴーリキーに、その芸術活動のためにも首都ペトログラードを去って、地方に行くべきだというレーニンの忠告がでてきます。

「ピーテルにいて、またピーテルのことからしてこのことを確信できるのは、ことのほか政治に通じていて、とくに大きな政治的経験をもっているばあいだけです。あなたにはそれがありません。しかもあなたが携わっているのは、政治ではなく、政治的建設の活動の観察でもなく、敵意をいだいたブルジョア・インテリゲンツィアでもってあなたを取りまいている特殊な職業です。彼らはなに一つ理解せず、なに一つわすれず、なに一つ学ばず、せいぜいのところ——ごくまれなせいぜいのばあいでも——途方にくれ、あきらめ、うめき、古い偏見をくりかえし、人から脅かされたり自分でおびえたりしているのです。

観察するのでしたら、新しい生活建設の活動を見わたすことのできる下部から、地方の労働者町や農村で、観察しなければなりません。——そこでは複雑きわまる資料の総和を政治的にとらえる必要はなく、そこでできるのは観察するだけです。あなたはそうはしないで翻訳その他の職業的編集者の地位に身をおいています。この地位にいたのでは新生活の新建設を観察するわけにいかず、病的なインテリゲンツィアが病的に苦情を述べたて、絶望的な軍事的危険と猛烈な窮乏の条件の下にある『旧』首都を観察するのに全力が費されてしまうのです。

　労働者と農民の、つまりロシアの人口の十分の九のものの生活における新しいものを直接に観察することが**できない**ような地位、労働者の華《はな》が戦線と農村に去ったあとの、そして、無職で失業しているインテリゲンツィアが不釣合《つりあい》に多くのこっており、それがとくにあなたを『包囲』している旧首都の生活の断片を観察することをよぎなくされているような地位に、こんな地位にあなたは身をおいたのです。立去るようにという忠告をあなたは強情に退けているのです。

……軍隊における新しいものも、農村における新しいものも、工場における新しいものも、ここにいたのではあなたは芸術家として観察し研究することはできません。あなたは芸術家を満足させるようなことをする可能性を、自分からなくしました――ピーテルで活動できるのは政治家です、しかしあなたは政治家ではありませんからね。……

　わが国は、狂気のように自分たちの打倒に報復しようとしている全世界のブルジョアジーにたいして熱狂的な闘争の日をおくっています。あたりまえのことです。最初のソヴェト共和国をめがけていたるところから最初の打撃がくわえられているのです。あたりまえのことです。そこで必要なのは積極的な政治家として生きるか、それとも、政治に気乗り薄であれば、首都にたいする激しい攻撃の中心がなく、陰謀をともなう激しい闘争がなく、首都のインテリゲンツィアの激しい敵意のないところで、つまり農村や地方の工場で（あるいは戦線で）生活がどのようにして新しく建設されているかを芸術家として観察することです。そこでは観察するだけで、古いものの解体と新しいものの芽ばえとを区別するのは容易なことでしょう」（同前四四八～四四九ページ）。

私は、この手紙からいろいろなことを感じるのですが、その一つは「社会的存在」を正確に認識し、作品に反映するということは、実にたいへんな仕事だということです。社会科学の理論がそのための重要な武器となることはいうまでもありませんが、この武器をもたないものは正確な反映はできないのかというと、ことはそんな単純なものではありません。バルザックは、資本主義社会の経済学に通じていたわけではけっしてありませんでしたが、マルクスが「およそ現実の事情の深い把握によってきわだっている」と評した観察力で、科学的な武器の不足を補い、あれだけの仕事をしたわけです。レーニンは、ゴーリキーの政治的な弱点をよく知っていたからこそ、革命後のロシア社会を彼が正しく観察し、自分の意識や作品のうちにより正確に反映できるように、それを可能にする場所をえらぶべきだということを、率直に忠告したのです。そういう意味ではレーニンのこの手紙は、ゴーリキーの政治的弱点を指摘した忠告というだけでなく、彼の芸術活動への指導的助言としても、文学における反映論の問題として非常に考えさせる内容をふくんでいると思います［＊］。

＊　宮本百合子は、ゴーリキーについて多くの評論を書いていますが、そのなかで、その生涯のさまざまな時期におけるレーニンとの不一致の問題にも目をむけ、その根源の究明をふくめて言及して

います。たとえば、ゴーリキーの生前に書かれた「マクシム・ゴーリキイの人及び芸術」(一九三三年、第11巻)では、彼女は、ゴーリキーが、マルクスの唯物論を、「複雑な現実を切って殺して理論の四角い枠にはめる」機械的見解ととりちがえて、これに反発したところに、一連の不一致の思想的な根源があったとしています。「このことはゴーリキイの生涯にあっては後々も或る尾を引いた。重大な時期に、例えばこの伝記の初めに書いた一九〇九年の哲学的論争の時期に於て、或《あるい》は一九一七年の十月革命の時代におけるブルジョア・インテリゲンツィアの評価に際して、ボルシェヴィキの見解と一致し得なかったことの遠い根源となっているのである」(三五二ページ)。

レーニンの文学・芸術論も『レーニン　文化・文学・芸術論』上下二巻(蔵原惟人・高橋勝之編訳、一九六九年、大月書店)にたくさんの文章がおさめられており、ここで紹介したのは、そのごく一部でしかありませんが、マルクス、エンゲルス、レーニンの文学論紹介が、みなさんが文学における反映論を研究するうえで一つの参考になれば、たいへん幸いなことです。

(「経済学・文学・反映論」から『文化評論』一九八二年三月号)

# 水上勉さんとの交友のなかで

## 出会いの経過

〝私は朝刊連載の水上氏を担当しているものです。実は水上氏から、「同じような病を持ったが、以前に不破委員長が闘病の際とられたリハビリの記録とか健康法について、雑誌なりに載せられたことはないだろうか。もしあればぜひ参考に読ませていただきたいと思う。自分は年上だが、体型は似ている。どうすればああいう風に元気になれるだろうか。不破さんは山にもよく出かけられるそうだが、聞いてみてもらえないか」といわれた。どちらに電話したらよいのかよくわからないので、党本部にお電話した。（これは水上氏自身のことで、小説などに関するものではありません。）〟

水上勉さんと私たち夫婦の交友は、新聞の一記者を通じてのこの突然の問い合わせから始まった。一九八九年八月一一日、毎日新聞社の小玉祥子さんという方から、日本共産党本部の広報部に、病中の水上さんからとして寄せられた連絡である。水上さんは、「毎日新聞」に小説『山の暮れに』（上下一九九〇年　毎日新聞社）を連載中だったから、小玉さんは、その担当だったのだと思う。

私は、若いころから水上さんの小説を読んだことはもちろんあったし、二カ月前、中国訪問中に天安門事件に遭遇し、帰国の直後、心臓の発作で倒れたということも、報道で承知していた。しかし、文壇の大家であり、まったく遠い存在だった。その水上さんから、病気のことで連絡が来るとは、予想もしないことだった。

しかし、その伝言には、ただならぬ真剣さを感じた。もちろん、詳しい病状も知らず、私の経験がどれだけお役に立つかはわからないが、闘病中の水上さんを少しでも励ます力になりうるならば幸いである。すぐ電話帳で水上宅の番号を調べダイヤルしたが、どうもＦＡＸ受信に切り替えてあるような機械音がする。それならと、ＦＡＸに伝言を入れたら、うまく送信してくれた。それが、私から水上さんへの第一信となった。

あとで分かったことだが、病中の水上さんの頭に私の名が浮かんだのも、毎日新聞に縁のある話だった。

私が心筋梗塞の発作を起こしたのが二年前の一九八七年四月、ＰＴＣＡ療法――風船療法＝細くなった血管のなかに〝風船〟を通して血管を拡げる治療——で健康をとりもどして、仕事に復帰していたが、〝これならエベレストも大丈夫〟という医師の判定で、一九八八年から登山をはじめていた。最初の年の夏は、南アルプス・仙丈ヶ岳《せんじょうがたけ》に挑戦。その成功に気をよくして、八九年夏は、仙丈から見上げた北岳登頂の計画を立て、その足ならしも兼ねて、娘の千加子ともども奥秩父の国師ヶ岳《こくしがたけ》へ登ってきたところだった。たまたまその登山には、毎日新聞社の『サンデー毎日』の企画で、〝登山の計画があるなら〟と、カメラマンが同行していた。カメラマンはしばらくラテンアメリカの山々を歩き回って帰国したばかりというたくましい方で、森顕治さんといわれたが、数日後、なかなか素敵な写真をいただいた。その写真の一枚が同誌の八月一〇日号に掲載されたが、小玉さんが、その時の写真を病床の水上さんに見せたのだろう。

のちに水上さんとの間でこの話が出たとき、〝同じ病気でこんなことがほんとうにあるのか〟と思い、小玉さんに〝これは事実か?〟と確かめたとのこと。不破の登山は有名な話、と聞いて、さきの連絡になったのだった。

ＦＡＸを送ってから四日の後、水上さんから私の家に電話があった。私は、党本部に出ていて留守で、妻の七加子が電話に出た。七加子も、前の連絡のいきさつは知っていたものの、ご本人からの突然の電話で多少あわてたらしく、手もとの紙片に書きつけたメモを見ても、いくつかの単語がならんでいるだけで、会話の記録はほとんどとれていない。

後日、対談の機会に、当事者の二人が思い出しながら語ったものを再現すると、こんな具合だったらしい。

**水上**　その（不破の）ファックスを、妻が病院にとどけてくれまして、それからすぐ電話をしました。そうしたら、七加夫人が出てきたんですよ。「水上」と名乗ったら、「あなたは小説を書いている水上さんですか」っておっしゃるんですよ。

**七加子**　そんなこと言ったかしら。でも、私だったら、言いそうなことだわね。とにかく「水上さんですか」っていうのは、念をおしたんですよね。まさかご本人からかかってくるとは思わなかったから。

**水上**　私は「そうですよ」と言いました（笑い）。そこで聞いてみると、不破さんの場合と私の場合は、ずいぶん違っていました。私が心筋梗塞の発作を起こした時は、救急車で病院を探すのに、環八（東京の幹線道路・環状八号線）のラッシュで自動車は混雑している、また行くさきざきの病院で、循環器の当直医がいないとかで、次々と断わられる。そして、ようやく国立東京第二病院にたどりつくまでに、心臓の壊死《えし》の部分が大きくなって、生きて残った部分が三分の一になってしまっていた。病院への到着がもう少し遅くなれば、生還ラインにすべり込めなかったところでしたが、ともかく生者のほうに廻って帰ってこれたんですよ。

そんなことも話して、「実は病院で落ち込んでいるんですけれども、三分の二の心臓が壊死して、三分の一しか残っていない。こんなことで生きられるだろうか。山登りできるようになるでしょうか」って尋ねたら、「なりますよ」と言って下さった。元気づけられましたね。

あのときは力を落としておりましたころの電話ですから、元気もなかったし、生存の喜びとか楽しみはなかったと思います。それで救いを求めたのです。

そのあられもない電話を一方的にしてましたから、不破さんは、それを受けとめられたんですね。七加夫人が、帰宅された不破さんに、今日はこれこれだったとお話しされたりしただろうと、想像はできるんですけど。

**七加子**　〝薬漬けになって、ボーッとしている〟という、たしかそんなお話をされていました。「いま、どちらですか？」と言ったら、「ベッドの上です」と言われて。

（『一滴の力水――同じ時代を生きて』二〇〇〇年　光文社）

これが、私たちの交友の始まりだった。

## 勘六山の山房を訪問

それ以後、手紙は交わしていたが、はじめて対面したのは、一九九二年四月、夫婦で京都、百万遍の水上宅を訪問した時。当時、長野県北御牧村（現東御市）の勘六山に新しい拠点を建設中だと聞いた。その勘六山山房への訪問が実現したのは、三年後の一九九五年八月二三日だった。

この時の訪問の状況は、『グラフ　こんにちは』九五年九月一七日号に、次のように、報道された。

私たち〝心友〟です

――不破さん夫妻の水上勉さん訪問――

「お体はいかがですか?」と不破さん。「ええ、どうやら元気でやってますよ」と水上さん。七加子夫人も「三月にお会いしたときよりひときわ髪が黒くなって。染めてるわけではないでしょう」と言葉をそえると、水上さん「いやいや、井戸水で洗ってるだけですよ」。（笑い）

不破哲三委員長と七加子夫人が、作家・水上勉さんを、三年来の約束である長野県北佐久郡北御牧《きたみまき》村、標高七五〇メートル、勘六山《かんろくざん》の〝仕事場〟に訪ねた。いかにもうちとけた親しみがそこにあった。

出会い　不破さんに、心臓がそんなでどうして
　山に登れるんだか、その秘伝を聞きたかった……

「さあさあ、ぼくは昨日から準備して朝早うからコトコト煮て待ってたんですよ。六品つくったから、偉いでしょ」。腕まくりをしている水上さん。

前日のＦＡＸには、「何もたべないで腹をすかせてきて下さい。お寺の小僧だったころにもどって、いま、大根と椎茸《しいたけ》を煮ています。すがすがしい気分で台所にいます」とあったとのこと。

食卓には、水上さんの〝すがすがしい〟力作が並ぶ。

「これ、みな九歳のとき京都の禅寺の小僧になって和尚さんから教わった精進料理ですわ。まあ、講釈いうよりも、食べてもらいましょう」

不破さん夫婦は、「おいしい」「手づくりの気持ちが何よりの味わい」など感激の言葉を口にしながら、かぼちゃや大根、椎茸とさかんに箸《はし》をのばし、この地の御牧豆腐、野沢菜でご飯をいただく。

手作りの精進料理を囲んで

「こんなにたくさん品数をつくったのは、じつに何十年ぶり。三年前からのお約束だったからね」と水上さん。夫妻と水上さんとのおつきあいの始まりに話がさかのぼる。

一九八九年六月、作家の代表団長として訪中した水上さんは、北京滞在中に天安門事件を目撃、帰国した直後に心《しん》筋梗塞《きんこうそく》で倒れた。心臓の三分の二は壊死、残りの三分の一で命をとりとめるという大患《たいかん》だった。

八月のある日入院中のベッドから、不破さん宅に電話をかけるが、そのきっかけは……

**水上**　小説を連載していた新聞の担当記者から不破さんは（病気の）先輩ですよ、お元気に山登りしていらっしゃいますよって聞いたときに、ちょうど写真を見たんです。山の中腹でお嬢さんと一緒の。

**不破**　夏休み企画で、奥秩父でした。記者の方から連絡をうけ、それでＦＡＸで一筆してうちの電話をお知らせしたんですよ。

**水上**　そのときは地獄から呼び出しがくる心境だったから、不破さんに、心臓がそんなでどうして山に登れるんだか、その秘伝を聞きたかった。そうしたら奥さんが電話に出てこられたんで、これはと思って、電話を離さず聞きたいだけ聞いたんですよ。

水上さんは「どん底に落ち込んでいたときで、もう虫の息で」電話をかけたという。「どうしたら元気になれるかっていう気持ちになったこと自体、前向きになっていたんですよ」と七加子夫人。でも、交流のなかった水上さんご本人からの電話にはびっくりしたとか。

それがことの始まりで、電話とＦＡＸの交流が続くなか、三年前には、演説会の機会に、夫妻で京都のマンションに水上さんを訪ね、これが、直接顔をあわせての初対面となった。

だからと不破さんはいう。「水上さんとは、心臓の連帯を軸にした文字通りの〝心友〟なんですよ」。

## 〝心友〟作家と政治家……でも心臓のことだけじゃなく目に見えない地下茎でつながっている

「さあ七加子さん、紙を漉《す》きにいこう」。母屋を出て、水上さんが工房に案内してくれる。「私にも紙漉きできますか」「できますよ」――三年前の京都いらいの約束だった。

竹紙――竹の幹や皮を二日も三日も煮て、柔らかくなったのを今度は臼《うす》で餅状《もちじょう》になるまでつき、それを漉いて乾かす。水上さんの紙漉き作業を七加子夫人が見よう見まねで試みると「あッ、もっと手早く。体で拍子をとって」、不破さんのを見て「ああ、いい線いってる。味のある書画が書ける。

乾いたらおくりますよ」。水上さんは、これを朝方五十枚ほど漉いて、「すがすがしい気分でご飯を食べる」のだそうだ。

セミしぐれのなか、陶器づくりの小屋や、りんご、トマト、とうがらしにナス、カボチャの畑へ。骨壺などの陶器づくりや、竹紙の紙漉きは、故郷・若狭《わかさ》の一滴文庫いらいのことだが「畑にいったり、紙漉き場や陶器の仕事場などあちこち動くのが、私のリハビリテーションなんですよ」と水上さん。

**七加子** 水上さんとは、ふしぎな関係ですよね。

**水上** この関係を文章に書けといわれたら、千枚でも書ききれません。〝心友〟とは、心臓だけのことじゃないですからね。夕暮れどきの空の色、風の音……どう表現しますか。いわくいいがたし、というつきあいですよ。

**七加子** 私が見るところ、それぞれの仕事を認めあっているけど、それでいて自分の考えを押しつけたりしない。通じるものがあるとすれば、水上さんの作品の中にあるように貧しい人、苦しんでる人、いろんな障害をもってる人、そういう一人ひとりの人間への気持ちじゃないかしら……。

**水上** そう、目で見えない地下茎でつながっている。

ただ、私は、泣いとるだけですよ。泣き歌だから、それは通じるんでしょう。小説はその泣き節で読者に喜ばれ、支持をかちえるが、不破さんは、泣くのがおいやで政治家になられたと思う。だが地面の下では通じるんですよ。

余韻《よいん》のある話がつづく。泣き歌から、不破さんが泣き虫だった小学校時代、涙を隠すため床の間の書棚を見るふりをしたことから、家では〝床の間〟君とあだなをつけられたエピソードまで出てきてしまった。

「人間はいくら嫌いと思っても泣くもんですよ。ましてや歳をとったら涙腺《るいせん》もゆるんで。親がいなくなると、寂寥《せきりょう》。秋冬がくるようなもんで」と水上さん。「でもやっぱり、弱いものがいじめられたりなんかしているのを見てなんにも感じなくなったら、おしまい」「このところ政治はひどすぎますから、その責任もある」と、これは不破さん夫妻。

再会を約して、秋の気配もせまる勘六山を後にしたのだった。

## 勘六山山房の風情

この時の、最初の勘六山訪問は、実に心のこもったもてなしだった。

まず、水上さん手ずからの精進料理。水上さんは、以前から、自分の料理の腕の確かさを力説していたが、私の方は、それはなにしろお寺にいた時代に鍛えたもの、五十年以上も前の話だから、その腕が錆びないまま今日まで生きているだろうかと、率直なところ半信半疑だった。ところが、前日から送られてくるＦＡＸは、台所に立ってその場で書いているような調子である。そして、勘六山で卓上にずらっとならべられた手料理の数々は、水上さんの腕の確かさのなによりの証明だった。

私は、あとで、水上さんの最初の精進料理の本、『土を喰ふ日々』(一九七八年　文化出版局)を読んだが、そこには、冒頭、京都の等持院《とうじいん》で、老師から〝土を喰う〟――つまり、畑と相談し、いま土にでている菜を喰うことだという精進料理の理念を教えられた日々が描かれていた。その時代が、いまなお水上さんの腕に脈々と生きているのは、みごとなことだった。

水上さんは、軽井沢時代にも精進料理はしていたと語っていたが、「こんなにたくさん品数をつくったのは、じつに何十年ぶり」だとのこと。それから一年半ほどたって、第二の料理ガイド『精進百撰』(一九九七年　岩波書店)が出された。その本をいただいたとき、「何十年ぶり」の腕をふるったこの日の成果が、新たな刺激となったのかもしれないと、勝手な想像をめぐらせたものである。

続いて、竹紙である。水上さんの竹との取り組みは、若い頃からの父親譲りの尺八づくりに始まり、自身の小説を契機に、創造的に実現した竹人形芝居に進み、その仕事のなかで竹紙漉きに発展したと聞いているが、竹紙漉きは、たいへんな工程と手間のかかる仕事のようだ。山から伐りだした竹を一年以上水に漬け、それを鍋で十日も煮て、流水で晒《さら》し、それを石臼でついて、餅状にした上で紙漉きにかかるのだとか。勘六山では、山の斜面にある竹壺から竹を伐りだすところから、最後の紙漉きまで、その全工程をここでやっている。私たち夫婦は、水上師範の指示のもと、最後の工程である紙漉きにだけ参加した。

竹漉き技術の節々には、水上さんの経験や工夫が随所に生きているようだが、この人の生産力は、文学の面だけでなく、「物質的な」生産力の面でも、抜群のものがあることを痛感させられた。自伝的な作品にも、竹人形芝居を開拓した苦労話にも、水上さんの〝物つくりの技術者〟的な側面に驚かされるが、そこには、大工さんだったお父さんのDNAが流れていたという気がする。

案内されて庭を歩くと、六角形の堂がある。ブロック積みの壁に赤松の屋根をのせたつくりで、屋根は専門家に頼んだそうだが、主体は水上さんの作品だという説明を受けた。町に働きにきていた「異国の女性たち」(フィリピンやタイの出稼ぎの女性たち)が、ボランティアで紙漉きの手伝いにきてくれた時期があり、その女性たちの食堂がわりにつくった「鳥の巣」だとのこと。山には、水上さんが自分で動かすという小型のショベル・カーまであった。陶器を焼く窯《かま》もあった。骨壺づくりはよく知られた水上さんの特技となっているが、その日は、窯に火はなかった。

ともかく、勘六山は、文学と自然を一つにあわせて、水上さんならではの独自の生活空間をつくっていた。

# 対談・一滴の力水

一九九九年八月、光文社から水上・不破対談の提案があり、水上氏に電話すると、即座に「その話、乗った」と、明るい返事。その準備も兼ねて、夫婦で、一〇月には若狭の「若州一滴文庫」を訪問、一一月初旬には京都の隋春院や等持院を訪ねて、水上さんが仏門に身を寄せていた時代の足跡をたどった。

## 丹沢・青根に水上さんを迎えて（一九九九年一一月二五日）

対談の二日前、神奈川県丹沢の山裾にあるわが家に、水上さんを迎えた。精進料理でもてなされた勘六山とは違って、わが家では、もてなしの素材と言えば、庭の山紅葉と丹沢・道志《どうし》の山景色しかない。しかし、肝心の紅葉も、今年は変にちりちりして見栄えがしない。妻がそのことを嘆くと、「足りないところは想像力で補いますから」のご挨拶。やはり女人にはやさしい応対ぶりである。幸い天候に恵まれて、山景色の方は、正面の大室山《おおむろやま》も、右手の道志の稜線も、そのあいだに遠く見える菜畑山の峰も鮮やかで、まあ合格点だった。なお、勘六山でご馳走になったゆであずきを、約束したおみやげだといって、大きい袋につめて二袋もいただいたのには、本当にいたみいった。水上さん、いわく。「青根にゆであずきを持ってくるのは、私ぐらいのものでしょう」。

対談の関係では、ここで話しあうと決めた主題はない。丹沢のこと、書籍や人形の建屋を案内しながら、人形にこりだした経緯、水上さんの故郷若狭の話、おたがいの親たちの話など、おもむくままにゆっくり話しあった一日だった。

丹沢の山裾の不破の自宅で
(1999年11月25日。写真・百瀬恒彦)

## 対談・一滴の力水（一一月二七日〜二八日、都内のホテルで）

二日間、本当によく語り合った。目次の大項目をならべただけで、何を話したかのおおよその見当をつけていただけると思う。

一、出会いから「心友」へ
二、文学と時代——若く、また幼かった日々に
三、戦争のとき、敗戦のとき
四、水上文学——読者の視点
五、東京——ふたりの航跡の交わり
六、古都・京都への想い
七、若狭——水上文学の原点
八、信州・北御牧山房と丹沢・青根山荘から
九、若狭と原発と東海村
十、日本と世界、これからのこと

〔**人生の航跡のなかでの接点**〕　シナリオなしの対談だけに、私には無数の発見があった。なかで

も、望外の収穫は、ふたりの人生の航跡が思いがけない接点を、いたるところに持っていることの発見だった。水上さんは、一九一九年三月に若狭に生まれ、私は一九三〇年一月の東京生まれ、その年齢にはほぼ十一歳の差がある。私が生まれたのは、水上少年が瑞春院《ずいしゅんいん》に修行に入る前の月だった。生活してきた空間にも大きな違いがある。

しかし、ふたりの航跡を突き合わせてみると、そこには無数の交錯があった。対談の書では、「若く、また幼かった日々」と表現したが、おたがいに読んでいた小説をあげてみると、共通する作品名がかなり並んだ。また、戦前、幼い私の小説を紹介してくれた雑誌（『綴方学校』）と、水上さんの投稿が当選して初めて活字になった雑誌（『月刊文章』）とが近い系列の兄弟雑誌的なもので、お互いの文章がはじめて活字になった年も同じだったこと、戦後、水上さんが、本郷・森川町にあった宇野浩二さんの下宿に、口述筆記に通っていた当時、私が同じ本郷の大学に通って、同じ電車を使っていたこと、など、驚くような「すれちがい」の接点がつぎつぎ発見された。

水上さんは、「すれちがい」の接点をさらに私の父との関係にも拡げていたようだ。水上さんが若い時代に文章を投稿していた『月刊文章』を発行していた出版社・厚生閣《こうせいかく》が、私の父の一時期の勤務先であったこと、吉川英治さんとのふれあい、さらには二〇歳代の若い時期に地方の小学校での教師生活という共通の歴史をもっていること、などなどである。

## 〔接点は社会を見る角度にもあった〕

二人が〝接点〟を確認しあったのは、航跡の交わりだけではなかった。社会を見る角度のなかにも、それはあった。水上さんは、自分の作品をよく〝泣き節〟と特徴づける。私は、そこには〝訴え節〟もある、と言ってきたが、そのことについての対話のなかから、いくつかの抜粋を（要約しながら）おこなっておこう。

**不破**　水上さんはすぐ「私は泣き節だ」とか言うんですが、〝泣き節〟でも〝訴え節〟でも共通なのは、社会を弱者の側から、また底辺の側から見るということ、それがずっと流れているでしょう。このあいだ、東南アジア旅行をしたとき、水上さんの『近松物語の女たち』を持って行って読んだんですよ。水上さんの視線は、最初の「曾根崎心中」をはじめ、九つの物語の全体で、心中する女性たちを、その生まれ育ちからずっととらえてゆく。女性たちの多くは、みな底辺に生まれて廓《くるわ》に来たりした人たちですね。

**水上**　そうですね。

**不破**　こうして、弱者の立場、底辺の立場から、人間をとらえ、社会をとらえ、その角度からそのことの悲しさを描いてゆく。これが水上さんの言う〝泣き節〟だとしたら、それは同時に、これでいいのか、という〝訴え節〟になっています。

私は、水上さんが文学の道で『フライパンの歌』［＊］を書いたちょうど前の年に党に入って、まだ若い身でしたが、いわば弱者、底辺の立場から社会を見ようと志しました。文学と政治、道はちがうのですが、この点では、水上さんの歩まれてきたこととの共通点というか、接点を非常に感じるんですね。

**水上**　接点がございましたし、私がもし政治家になれば、不破さんに頼んで子分になったかもわかりませんよ。

だが、犬の遠吠えで〝訴え節〟と言われましたが、ここらあたりに吠えておけばいいかなとか、節まわしを覚えて、これなら人も聞くだろうとかの、節のクセに自然と染まったかもわかりませんね。
＊『フライパンの歌』（一九四八年　文潮社）。水上さんが最初に公刊した作品。

〔「昭和史」をどう見るか〕　戦争の問題でも、私は、『馬よ花野に眠るべし』（一九七三年　新潮社）や吉川英治文学賞を受賞した『兵卒の鬃《たてがみ》』など、日本陸軍最下級の兵士「輜重輸卒《しちょうゆそつ》」としてなめた辛苦の体験を綴った一連の文章で、水上さんが日本の戦争にたいして痛切な考えをもっていることをよく知っていた。「この馬卒として働かされた軍隊体験こそは、私にとっての〝昭和史〟を大きく区切りづけており、しかも、今なお心根にふかい錨《いかり》をおろさせ、今日の私の世界観の視座を決定づけていることは疑えない」（『私の昭和史』一九七四年『片陰の道――私の昭和史』一九七九年　版元・現代史出版会　発売・徳間書店）。

自身が、若い職員として、村の人々を「満州」に送り込む仕事の末端を担い、続いて自身が出稼ぎで「満州」に渡り、末端の働き手としての三カ月間であったとはいえ、現地の労働者を使役する側に立ったことについても、水上さんの辛い自省の言葉を読んでいた。「ぼくは帰ってこない義勇軍を送りだしておいて、さらに喰いつめてから渡満して現地人の苦しむ上にあぐらをかく出稼ぎ人のひとりだった」（『私の履歴書』一九八九年　筑摩書房）。この自己反省の言葉は、以前から、自分の歴史のこの時期にふれる度に、何度もくりかえされてきたものだった。『わが六道の闇夜』（一九七三年　読売新聞社）、「山陰本線和知駅――丹波の満月」（『停車場有情』一九八〇年　角川書店）、「瀋陽の空」（『北京の柿』一九八一年　潮出版社）、『瀋陽の月』（一九八六年　新潮社）など。

私たちは、戦争の時代に遭遇したとき、おかれた状況も年齢も違っていた。一九四一年の太平洋戦争開戦のとき、私は小学六年生で、早朝から日本軍の大戦果に胸をおどらせていたが、水上さんは三笠書房の若い社員（二二歳）で、街で買った新聞号外で真珠湾攻撃のニュースを知り、同人雑誌の表紙にそのニュース写真を使ったことについて仲間とその是非について論じあったという。また、四五年八月一五日の敗戦の日は、私は勤労動員先の明電舎・大崎工場の屋上で、労働者たちといっしょに天皇の詔勅《しょうちょく》を聞いたが、水上さんは、朝から急病に倒れた友人の奥さんをリヤカーに積んで、小浜市の病院に向かっているさなかで、夜遅く帰っても、ラジオもなく新聞もとっていない水上家では、だれも敗戦の報に接しておらず、翌朝、村の人に聞いてはじめて知ったとのことだった。しかし、状況と年齢、またその時々の思いがそれだけ違っていても、いまその時代をふりかえるとき、あの戦争も他国への植民地支配も、絶対にくりかえしてはならない誤った歴史と見る点で、同じ見方、同じ気持ちをもっていることが、じかの対話で直接確認できたことは、私にとって、たいへんうれしくまた心強いことだった。

第一日目に、この時代のことを語りあっているとき、一九八九年の昭和天皇死去のとき、朝日新聞が「昭和と私」という文章を一〇人の知識人に書かせ（夕刊の連載）、水上さんもその一人に選ばれて、自分の思いを書いた［＊］、という話が出た。私は、その文章を読んでいなかったので（私の住んでいる地域は、首都圏だが、不幸にも夕刊の配達不能地域になっている）、その夜、取り寄せて読んでみると、たいへん感動的な、人の心を打つ強烈な力をもった文章だった。自らの人生にかさねて昭和史をふりかえった上での最後の文章を、ここに引かせてもらいたい。

「平成と改元されても、あやまちの多かったこの人生をひきずってゆくしかないのである。戦争をおこそうとする者にはあとわずかな命ゆえ、命がけで闘わねばならぬとぼくは一月七日から八日にかけて、ひとり考えた」。

私が自分の受けた感動について、「このとき、追悼の言葉をいっさい言わないで、昭和を総括するというのは、なかなか勇気のある文章ですね」と述べると、返ってきたのは、「ああ、そうでございますか。私は庶民代表のつもりで書きました」という淡々とした回答だった。まだどの著作集にも収録していないとのことだったので、『一滴の力水』に再録させていただいた。

＊「戦争を呪《のろ》う今日を生きる　欺瞞の過去に感慨無量」（「朝日新聞」一九八九年一月一三日付夕刊）。

〈**水上文学を論じて**〉文壇の大家を相手に厚かましい話だが、水上文学論も、各分野にわたって大いにやらせていただいた。水上さんが推理小説で注目を浴びたころは、私が内外のミステリーを乱読していた時期にあたり、当時〝社会派〟と言われた松本清張さんと水上さんの作品も、よく読んだものだった。

──いま読みかえしてみると、社会派でも、清張さんの作品と水上さんの作品では、社会派ぶりの流れが違う。清張さんの社会派は、犯罪を生み出す社会の仕組みそのものの追及にかなりの重点がかかるが、水上さんの作品では、犯人をふくめ、登場する人物の人間像を社会的、歴史的な背景のもとに描きだすところに重点があるように思う。

こういう話をしたところ、水上さんは、「はい、そうでございました」と実に素直に認めてくれた。

水上ミステリーでは、『霧と影』（一九五九年　河出書房新社）にしても『飢餓海峡』（一九六三年　朝日新聞社）にしても、犯人が悪人として描かれていないのが、このことに関連した特徴だろう。『飢餓海峡』では、犯人の樽見京一郎は、貧しい農民の生まれで、企業家として成功したあと、過去の犯罪への反省から収益を慈善事業につぎこむ、そして一〇年前の犯罪が発覚して逮捕されると、罪を認めたのち、護送中の船から津軽海峡に投身自殺をする──こういう人物像に描かれている。

対談では、こんなことも話したが、あとで、水上さんが『飢餓海峡』の主人公のモデルについて書いている文章を読んだ[＊]。なんと、若狭での幼馴染みで、一時は東京でいっしょに暮らしたこともある人物とその経歴（もちろん「犯罪歴」ではない）に「発想とあらすじ」を得て、あの小説を書いた、とのこと。これでは、犯人が悪人として描かれるわけはない、と、妙に腑に落ちた次第。モデルとなったご当人も、『週刊朝日』への連載中、「オレが出とる」と周囲に自慢して廻っていたとのことだ。

対談の主題のすべてを紹介するわけにはゆかないので、ここで締めくくりにするが、水上さんとこういう深い語り合いの機会が得られたことは、私たちの交流のなかで、もっとも価値ある出来事だったと、いましみじみとふりかえっている。

なお、この対談についてのふたりの感想は、「まえがきにかえて」（水上）、「あとがきにかえて」（不破）を分担して書くことにした。

＊　水上「死ぬこと生きること」（『骨壺の話』一九九四年　集英社）。

## 水上「まえがきにかえて」（『一滴の力水』）

不破哲三さんとは心筋梗塞後のつきあいである。一九八九年のことだった。天安門事件のとき、私は北京にいて、六月七日の救援機第一号で帰国して二時間後に心筋梗塞に見舞われ、救急病院のお世話になったが、不破さんも同じ病気の経験者で、ふたりが近づく縁は本文を読んでいただければ、分かってもらえると思うのだが、正直いって、私と不破さんの交友を聞いて不思議に思う人は多かろう。私は一九一九年生まれで、昨年八十歳になった。不破さんは一九三〇年の生まれでことし七十歳である。しかし数字では十一年違うけれど、ふたりは同じ世代を生きて、文章を書いて生きてきたし、話しているうちに、不破さんのお父さんの代から私はすれちがっていることが分かった。お父さんがそうなら不破さんともそうで、不破さんはＳＦ・時代小説家志望だったし、私も挿絵画家になろうと本気で考えたこともある少年だった。不破さんは今日も「紫《むらさき》頭巾《ずきん》」の挿絵入りの原稿をお持ちだが、故・吉川英治を崇拝するあまり、お父さんに連れられて弟子入りを願い出る段取りまで立てられた一幕がある。

　吉川さんのこの時の不破さんのお父さんにあてたお手紙は、本文にも登場するが、感動的である。私はのちに吉川英治文学賞をもらった『兵卒の鬃』の作者である。お互いに崇拝してきた少年期をもつ仲間でもある。不破さんは、作家を断念して政界に出られたが、今日は日本共産党の委員長である。私は地面を這いまわるような小説を書いてきた男だが、正直いって、こんどの対談をもちこまれたとき宿題があったのである。その宿題は教えてもらおうと思った。原子力発電所のこと、沖縄のこと、政界のこと。

　本文を読んでもらえれば分かるが、ふたりは通底する考えをもっていた心友なので、「同病相憐れむ」以上のものがにじみ出ていることに気づかれよう。満州事変、真珠湾攻撃、敗戦、飢餓、嘗《な》めたものは同じ空気である。本文の後半部が政治くさくなっても許していただきたい。

　不破さんは大きい学者だから、私には寛大だし、質問にはこたえて下さる。日本の原子力発電所がどういうことになっているかを今回の本で、はじめて了解された読者もあるだろう。

　私もはじめて聞く話が多かったし、それが政治につながるあたりの話しぶりは不破さんの「紫頭巾」である。あるいはＳＦの新作だろうか。

私も神奈川県青根の山荘へ伺って、不破さんのワープロ（古式物）も見た。書籍に囲まれたご書斎は、テレビや新聞雑誌で見るあの発言の出所だった。不破さんのふところへ入れてもらった気がした。対談が不破さんの人間的なことが少しでもひき出ておれば、私の役目はいくらか果たされたかもしれない。「党首討論」という〝NHK番組〟が始まった最中でもあった。日本一いそがしい男、不破さんの誠実なうらの人間をむきだしにして話して下さった。

そのように思っている。

二〇〇〇年二月九日
長野県北佐久郡北御牧村にて

水上　勉

## 不破「あとがきにかえて」（『一滴の力水』）

ほんとうに楽しい対談だった。

昨年八月に光文社からこの企画の提起があり、水上さんに電話で相談したところ、「その話、乗った」という老大家らしからぬ若やいだ答えが返ってきた。ことは、そこから始まった。

十月には、信州・北御牧と若狭・一滴文庫に水上さんを訪ね、十一月には丹沢・青根の山荘に水上さんを招いて、語り合いのひとときを持った。そのあいだ、水上さんが幼少の時期を過ごした京都の瑞春院、等持院を訪ねもした。そして仕上げは東京で、十一月末の二日間、終日語り合った。こうして生まれたのが、この対談である。

人の世の交わりというものは、不思議なものである。十年あまり前までは、水上さんは、私にとって別の世界の人だった。作品を通じて、時折、ものの見方やその生きざまを垣間見《かいまみ》はするが、文学という、読者として接する以外には近寄るすべのない世界の達人だった。

その人との交流の扉が、同じ病気を経験するという機縁から、一九八九年八月、思いがけない成りゆきで開かれた。開かれたといっても、それは私の妻と病床の水上さんとをつないだ電話での一回の対話であり、それからはじめてお会いするまでには、さらに三年近い歳月があった。しかし、私には、新たに開けた交流に、心はずむ思いがあった。そして、ファックスや電話での対話、折にふれての出会いなど、静かな交流を重ねるなかで、水上さんの言う「地下茎でのつながり」が、ごく自然な形で成長・発展してきたような気がする。

ただ、今回の対談までは、おたがいが生きてきた歴史にまで立ち入って、その「つながり」の中身を確認しあうことはないままに過ぎてきた。対談は、いわばその宿題に取り組む良い機会となった。

ふたりがたどってきた道を重ねあわせ、つきあわせてみると、水上さんも「まえがき」で書いておられるとおり、多くの接点や交差点、意外なすれちがいに満ちていることも分かった。おたがいがそれぞれに違った世界を歩んできたかのように考えていたが、さまざまな時に同じ思いを持ち、共通しあう角度からものを見てきたことも、分かった。ただ同じ時間と空間のなかで、たまたま生を共にしたというだけではない、「同じ時代」を生きてきたという実感がそこにあった。対談のなかでの水上さんの言葉――「歳はちがっても、世紀は同じ世代を生きているわけだから、義憤も公憤も同じ喜怒哀楽ですね。同じ時代の同じ現場を、同じように生きてきた同志だということですよ」は、私の胸にずしりと響いた。

対談では、より良き明日のために扉をたたき合う話も出た。水上さんは昨年三月に八十歳代に入り、私は今年の一月に七十歳代を迎えたが、二十一世紀を目前にしたいま、人生のすばらしい先輩であるこの人と共に、より良き世界を開く明日への扉を、「同じ時代を生きてきた同志」としてたたきつづけたいと思う。

不破　哲三

二〇〇〇年二月十五日
丹沢・青根にて

# 水上勉さんのこと

二〇〇四年九月八日、水上さんの訃報に接して、「しんぶん赤旗」に書いたお別れの言葉。

九月八日昼（二〇〇四年）、北京で開かれた第三回アジア政党国際会議から帰って、その状況と成果を「しんぶん赤旗」紙面で紹介する仕事の相談に追われている最中、ニュース報道の「……八十五歳……」の声が、テレビの画面から耳に入ってきた。すぐ『雁の寺』『飢餓海峡』など作品紹介の言葉が続く。間違いなく水上勉さんである。

妻がすぐ長野の勘六山山房に電話を入れる。陶器づくりをしている角《すみ》さんが最初に出て、すぐ長女の蕗子さんに代わる。なくなったのは、今朝がただったとのこと。「安らかで美しい顔だった」との蕗子さんの言葉がわずかの慰めだった。この秋うかがうつもりでいたのに、もう会えないか、との思いがどっと胸を締める。

## 一五年前、交流は思わぬことから始まった

私と水上さんとの交流は、思わぬことから始まった。北京訪問中に天安門事件にぶつかり、激動と緊張のただなか帰途についた水上さんが、帰国したその朝に心筋梗塞の発作を起こし緊急入院したことは、報道で知っていたが、一九八九年八月、その水上さんから丹沢山すそのわが家に電話がかかってきたのである。

妻が電話をとると、水上さんご本人の声、病院のベッドからだった。「作家の水上さんですか」と思わず問いなおしたという。発作から二カ月の病床で、ある新聞の記者から、〝同じ病気をしたのに、元気で山に登っている人がいる〟と、私と娘の登山写真を見せられたとのこと。

あとでご当人にうかがうと、「そのときは地獄から呼び出しが来る心境だったから、不破さんに、心臓がそんなでどうして山に登れるんだか、その秘伝を聞きたかった。そうしたら奥さんが出てこられたんで、これはと思って、電話を離さず聞きたいだけ聞いたんですよ」との弁だった。

## 「目にみえない地下茎でつながった〝心友〟」

それから一五年間、京都・百万遍のマンション、長野・勘六山、若狭「一滴文庫」と、水上さんの

各地の拠点を夫婦で訪ねたり、丹沢のわが家にお招きしたりの出会いを重ねた。長野の最初の訪問の時に、お寺での修行時代にきたえた腕で精進料理を用意し、「すがすがしい気分で台所にいます」のＦＡＸをいただいたこと、またそのとき、ゆで小豆を妻がおいしいと褒《ほ》めたら、四年後のわが家への訪問のさい、〝お土産にゆで小豆をもってくる人はいないでしょう〟と二包みも持参してくれたこと、など、水上さんの人柄があふれ出る楽しい交流だった。

日ごろの交流の主力は電話、そのあいだにＦＡＸや手紙でのやりとりが重なったが、ＦＡＸと手紙も、数えて見ると往復五十数通に及んでいる。

水上さんは、違う分野で活動する私との関係を、みごとな言葉で表現してくれた。「考えが通底している」などなど。いちばん頻繁に使ったのは「心友」の言葉だが、これは実は、一九九二年、京都のマンションでの初対面のときに、妻が口にだしたもの。水上さんが名解説をつけてくれた。「〝心友〟とは、心臓だけのことじゃないですからね。いわくいいがたし、というつきあい。そう、目でみえない地下茎でつながっている」。

一六年ほど経ってから、「不破さんとの間になにか通じるものがあると思えた時にあの電話をかけたのでした」と打ち明けてくれたのも、心うれしい便りだった。

## 対談『一滴の力水』――同じ時代を生きて

交流の集大成となったのは、光文社の企画による対談である。水上さんは一九一九年、私は一九三〇年の生まれで、年齢には十一歳の違いがある。しかし、話し合ってみると、同じ時代を生きてきた、という思いが、共通の実感となった。若いころに読んだ『文学全集』も共通、歴史のどの時期にも重なりあう感慨があった。五〇年代、私は駒込駅から本郷の東大まで毎日都電で通ったが、水上さんは、本郷に住んでいた作家・宇野浩二氏の家に通うため、飛鳥山《あすかやま》から同じ電車に乗り同じ停留所で降りていたという。水上さんの長男の窪島誠一郎さん〔戦没画学生の作品を集めた上田市の「無言館」の館主〕が生まれたのが鶯谷駅に近い産院で、妻の一家が住んでいたアパートの近所だったことにも驚かされた。

こんなこともふくめ、二人の生きてきた時代のこと、文学のこと、若狭のこと、おたがいの母や父のこと、政治のこと、東京と京都のこと、原発のことなど、思いのたけを語り合って生まれたのが、対談『一滴の力水』だった。おこがましくも、文学の世界の大家と文学について語りあうなどは、私にとってかつてないことだったが、水上さんが、大家ぶりをかけらも見せずに、〝水上勉論〟をふくむ文学対談に気持ちよくつきあってくれたのは、ありがたいことだった。

この対談での忘れがたい交流を思って、二人が本の巻頭と巻末にそれぞれ書いた文章を、出版社の了解をえて、紹介しておきたい、と思う〔翌日号に掲載。本書では既出〕。

## いただいた最後の手書きの手紙

水上さんは、本の校正刷をもって、二〇〇〇年の正月、ハワイ旅行に出かけられたが、そこで身体をこわされた。それでも、対談集に寄せられた多くの方々の感想をお送りすると、必ず、感想の感想をしたためたFAXが返ってきたし、その年の六月、私の最後の国会選挙のときには、入院先の病床から、第一声への連帯のメッセージを送っていただいた。そのあと、退院とリハビリの状況を知らせた、FAXならぬ「手書き」の、次のような手紙（八月十六日付）がとどいた。

「夏がゆきます。リハビリに専《もっぱ》らになります。七月五日に退院してからテレビばかり見ています。不破さんが登場すると、穴があくほど見ます。

水上　勉」

その後、電話での交流は続いたが、あとに残る手紙の形では、これが水上さんからの最後の文章となった。

密度の高い、そして人間的なあたたかさに満ちた、一五年の交流を思い返しながら、人生の大先輩への、私たちの心からの敬意と哀悼をこめて、お別れの言葉としたい。

（「しんぶん赤旗」二〇〇四年九月一二日付）

# 宗教者との懇談会で

宗教者と日本共産党の議長だった私との懇談会は、第一回は二〇〇〇年六月、京都の聖護院《しょうごいん》で、第二回は二〇〇一年三月、京都の知恩院《ちおんいん》でおこなわれました。ここに収録したのは、そこでの私の発言です。

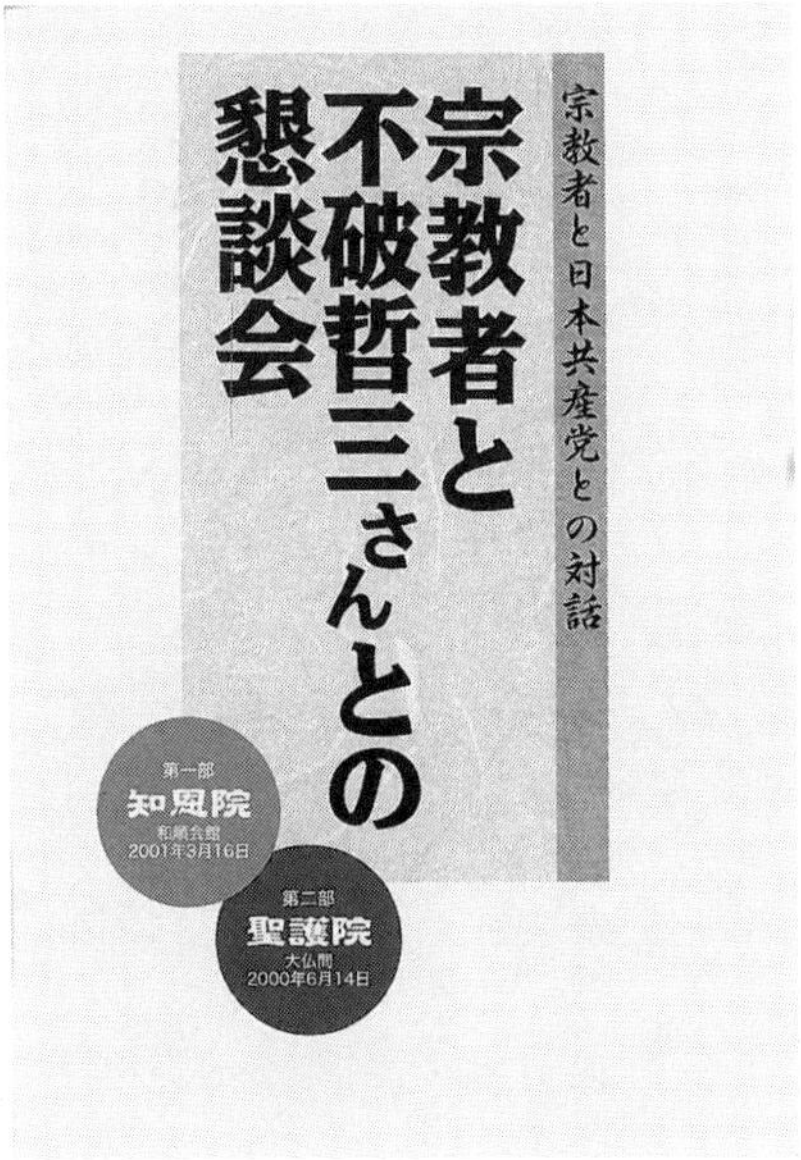


懇談会・事務局がまとめた記録冊子

# 第一回懇談会（二〇〇〇年六月一四日、京都・聖護院大仏間で）

懇談会は、京都市市議会議員・有吉節子さんおよび浄土真宗本願寺派布教使・大原光男氏の司会で、日本共産党京都府委員会委員長・中井作太郎さんおよび聖護院執事長・宮城泰年さんのあいさつの後、不破が最初の発言をしました。

## 最初の発言

日本共産党の不破哲三でございます。今日はせっかくの集まりですから、きちんと着替えをして現れるつもりだったのですが、街頭演説が遅くなって、その時間がなくなりました。街頭演説の姿のままで駆けつけましたことをお詫び申し上げます。

緊急のお願いであったのですが、たくさんの仏教諸宗派のみなさん、仏教以外からも神職の方、キリスト教の方、天理教、金光教の方など、多くの宗教・宗派のみなさんにお集まりいただきまして本当にありがとうございます。

私が京都にはじめてうかがったのは、一九五三年で、結婚して早々、アルバイトと新婚旅行をかねてのことでした。その後、ずいぶん京都にはうかがっていますし、選挙の時は、お寺や神社の前も宣伝カーでよく通ります。しかし、なかへ入って、みなさん方と話し合う機会はほとんどありませんでした。京都をこれだけ訪ねながら、ずっとそういう状況でしたので、京都の宗教界の方々と膝を交えて話し合う機会をぜひ得たいとつねづね思っておりました。今日は、夜分で申しわけなかったのですが、こういう機会を得られましたので、本当にありがたく思っています。どうかよろしくお願いします。

## 現世の問題で共存して歴史をきずく立場

つねづね、京都の様子、また宗教界の様子を見ていて、いろいろな印象を強く受けています。

一つは、いろいろな宗教がたがいの立場を尊重しあいながら共存していることです。私どものように無宗教のものでも、その共存のなかに気楽に入ってゆけます。そういう宗教の世界をみなさん方がつくられていることを非常に感じますし、敬意を持っておりますし、印象的に思っています。

共存ということでは、私たちの党の立場は無宗教です。しかし、これは、宗教にたいして閉ざされた空間だということではありません。亡くなりましたが、私どもの副委員長の小笠原貞子さんはキリスト者でした。また、参院の比例代表選挙で立候補された方のなかには、真宗大谷派の川瀬武衛さんのように、全国を袈裟をかけて遊説された方もいます。そういう点では、日本共産党は、一人ひとりの党員の信仰の自由を保存している集団であり、そういう空間です。

私は、京都の宗教者のみなさんが、おたがいの価値と立場を尊重しあいながら、いろいろな諸宗派が、無宗教の人たちをふくめ、共存して歴史をきずいている。これは京都の歴史と現在のたいへん大事な特徴ではないかと考えていました。

もう一つ言わせていただきますと、私は、京都以外の場所でもいろいろな形で宗教者の方とお目にかかる機会があり、そういう時にもつねづね思っているのですが、まじめな宗教者のみなさんは、宗教という立場こそ私たちとは違いますが、人間の生き死にの問題をはじめ、人の生き方の問題をまじめに追求し探求する、修行といいましょうか、こういう問題に本当に真剣なのぞみ方をされている方々だということに深い印象を受けています。また現世の問題にけっして無関心ではない、このことは昔から宗教界の先達《せんだつ》の方々がみんなそうだと思うのですが、現世の問題、庶民の問題にたいして決して無関心ではなく、そのために多くの力を出されています。

私どもは、政治の世界の人間ですから、立場は違うわけですが、同じ日本社会で生き、暮らし、活動しているものとして、宗教者の方々と無数の接点を感じていることも、この機会に申し上げておきたいと思うのです。

さきほど、宮城さんが、宗教界の代表ということでお話をされましたが、そのなかで、現在の政治の問題でも、私よりよほどなまなましい話をされました。私もそこに話をすすめなければならないのですが、その前に一つ言わせていただきたいことがあります。

それは、現世の問題は非常にむずかしいが、努力のしがいがある大事なところに来ているということです。来年から二一世紀に入ります。いろいろな方々が、新しい時代を開こうという意気込みを持たれ、前途を見られていると思います。ただ、日本の二一世紀の迎え方には、なかなか難問が多いのです。いったい、いまの政治・経済の形のままで二一世紀をむかえて、現世的ないろいろな問題が、見通しよく片づいてゆくだろうか。政治の世界では、よく〝行き詰まり〟といって相手を批判することが多いのですが、その言葉が全体にあてはまるような状態が、いまあらゆる問題で出ています。

## ヨーロッパでは「連帯」がキーワードに

一昨日（二〇〇〇年六月一二日）、日本記者クラブで、政党の党首の討論会がありました。そのとき、私が、失業問題の深刻さをとりあげて発言したのです。それを聞いていたドイツのジャーナリストの方が、〝日本では、失業問題がこれだけ重大になっているのに、それを取り上げたのは不破さんだけだった。なぜ取り上げないのか〟という質問をしました。この記者は、その時、「社会的連帯」という言葉を使いながら発言していました。あとで、ヨーロッパの事情に詳しい方に聞いてみましたら、ヨーロッパでは、最近の二〇年から三〇年、「連帯」という言葉がキーワードになっているとのことでした。つまり、弱い立場の人びとにたいして、社会全体がいかにして支えてゆくかが一つの社会的な流れになっていて、失業問題が深刻になったら、政府はもちろん、働く仲間ももちろんですが、社会全体として、ここでどのようにして連帯性を発揮するかということがいやおうなしに問題になる。質問をした記者は、日本に来て長い方なんですが、日本社会がそうではない、ということに強く注目していたようでした。

私どもも、ヨーロッパの状況についていろいろなことを見聞きしますが、同じ資本主義でも、日本では弱肉強食が当たり前のことになっていて、それがむきだしの形で現われても平気だというのが、政治の世界でも当たり前のことになっています。そういう状況を見ると、ヨーロッパから来たジャーナリストの方は、「連帯」ということを問題にせざるをえないのだ、こういう解説をあとから聞いたわけです。

このような政治・経済のいまのままの形で、いったい日本はよいのだろうか。どうしても日本の経済と政治のあり方を変えなければいけない。変えるというのは、何かとんでもない方向に変えるということではない。いまの日本は、世界では当たり前になっている方向とは逆向きになっているのだから、その方向を変えなければいけない。私どもは、そういう思いで「日本改革」という提案をしているのです。

いま、いろいろな問題で、そのことの切実さを痛感することが多いですね。さきざき二一世紀のことを考えますと、子どもの世界がこういう荒れた状態のままで二一世紀に入っていいだろうかという問題もあります。

それから「少子化」。私は「少子・高齢化」とあわせて言われるのは気にいらないのです。「高齢化」は、寿命が長くなったということですから、喜ぶべき現象です。しかし、「少子化」は、これは困るのですね。日本の人口がどんどん減ってゆくとしたら、日本民族に、将来、脈がないということになるわけです。世界を見ても、ついこのあいだまで人口が急増の傾向にあったところで、こんなに急激に人口減退に転換しようとしている国は、ほかに例がないのです。

その点でも、日本社会のあり方というものをちゃんとしてゆかないといけない、と考えています。仕事と家庭生活が両立しない社会をつくりあげたものですから、〝男性と女性が協力して子どもを育てる〟のが基本だといっても、仕事の側で、そんなことは保障しないというのが当たり前のことになっています。これは、世界でも例のない形なのです。

いろいろな問題で、いま日本の政治・経済の形をつくりかえてゆかなければ、前途がない。それぐらい、現世の問題がたいへん深刻になっています。平和の問題も、ガイドライン・戦争法など、いろいろな問題があって、宗教界の方々とご協力する機会がありました。

今後とも、私たちは、ともに生きている同じ日本社会の問題について、忌憚《きたん》なく話し合い、一致できるところで協力して、前向きの日本をつくってゆく流れを、ともに起こしてゆきたい、こういう気持でいます。

## 森首相の「神の国」発言と世界の報道

最後に、さきほど言われました政治と宗教のあり方の問題ですが、ここには二つの大問題があると言われました。どちらもたいへんな大問題です。

一つは、森首相の「神の国」発言、そのなかにどんな問題があるかということです。この問題では、日本のなかで政党間の論争があり、私たちはいろいろ発言していますが、同時に、世界がこの問題をどう見ているかということが、日本の国内の議論以上に、問題点をもっとはっきり表わしているような気がします。私たちも、世界の全部の新聞に目を通しているわけではありませんが、いままでに私たちが見た範囲で、二九カ国の六〇をこえる新聞、テレビ、通信社が森発言をとりあげて、批判と抗議の論評や報道をしました。

この数字自体、非常に印象的なことです。日本の政治が、世界でこんなに問題になることはないのですね。だいたい日本の政治は、国際的な存在感がありませんから。

このあいだ、森さんが首相になって、沖縄サミットの前に、あわてて各国をまわって名刺を配って歩いたのです。イタリアでは、森さんを迎えた新聞が、名前を間違えて「日本から沖縄首相が来た」と書きました。大新聞が、サミットを開く場所と首相の名前を間違えた。またイギリスでは、ブレア首相と会談をしたのですが、政府の広報官がその日の首相の日程を公表したさい、森さんとの会談を省いちゃった。公表するまでもない、という軽い扱いをされたと、話題になりました。日本の国際的な存在感は、ふだんからその程度のもので、日本で何があっても、世界では大して問題にならないのです。

ところが、森発言は、世界のマスコミでこれだけの大問題になりました。一番最近のものでは、アメリカのワシントン・ポストが〝森首相はいろいろな釈明をしているけれども、そこに第二次世界大戦への郷愁が現われていることは間違いない。侵略的な右翼主義がそういう形で現われている。これは警戒を要することだ〟という論説を書きました。またシンガポールの新聞が〝森首相の言葉には、戦前の侵略的な軍国主義的な体制を、復活とまでは言わないものの、それが望ましかったとする気分がむき出しに現われている〟と、痛烈な告発の論評を最近発表しました。

このように、世界は、森首相があの発言をし、それを撤回しないできたということについて、実に痛烈な批判をしていて、〝日本はこの首相をこのままかついで、外交ができるのか〟という声が上がるほど、強烈な世論が広がっています。それだけの大問題です。

しかも、私がたいへん重大だと思っているのは、あの発言をした場所が、神道政治連盟国会議員懇談会という場所だったことです。「神道政治連盟」というものの綱領を、私も初めて読んでみたのですが、綱領の冒頭、第一条は「神道の精神を以て、日本国国政の基礎を確立せんことを期す」です。つまり、国家神道という宗教をもって国政のなかに介入するんだということを、公然と言明してつくった政治連盟だということです。

その政治連盟の会議で、あの発言をしたのですから、戦前の体制に近づいてゆくという、さきほど言われたご心配がズバリあたっているのです。いかに言いわけしても言いわけのきかない発言です。そこのけじめのつかない人物、戦前の日本と現在の日本の、国家のあり方のけじめがつかないのと同時に、首相として言っていいことと言ってはいけないこととのけじめのつかない人物が首相になっていることの怖さというものを、私は非常に強く感じています。

## 宗教の共存を認めない宗教政党・公明党

もう一つ、宗教政党である公明党の政権参加の問題です。

この問題で、ヨーロッパなどとくらべて感じることがあるのですが、ヨーロッパでも、宗教政党が政権をになうことがあります。キリスト教民主党という政党は、多くの国にあって、ドイツでもイタリアでも、このあいだまでこの政党が政権に参加していました。

しかし、ヨーロッパのこういう政党と日本の宗教政党である公明党とのあいだには、非常に違う点が二つあると私は思っています。

一つは、宗教の共存にたいする態度です。公明党とその母体である創価学会というのは、他の宗教にたいして、非常に排他的な態度をとっている。思想の問題でも、自分の気に入らない思想にたいして排他主義をとっています。思想面でその排他主義のいちばんの標的になっているのが、私どもです。「邪宗撲滅」と言いますが、いちばん「撲滅」したいのは、どうも私どものほうらしい。

最近は、あまりこの言葉は使わないようですが、公明党が政権に参加して、政治の世界に、昔は公然ととなえていた「邪宗撲滅」が持ち込まれてくることの怖さというものを、みなさんが感じておられるのだと思います。

もう一つは、あの宗教政党と宗教団体には、市民道徳が欠けている、ということです、はっきり言って。

宗教者というものは、宗教上の立場はそれぞれあり、たがいに宗教上の見解には違いがあると思うのですが、その宗教者が、道徳や社会の問題についてたがいにまじめに追求しあっているからこそ、そのことが共通の前提となって共存しあえる。この基本には、やはり、こういう社会のなかでいっしょに生きてゆく上での共通の市民道徳というものがあると思います。ところが、私たちが体験しているかぎり、あの宗教政党、宗教団体には、市民道徳がないのです。「大ウソつき」というのが、あの政党・団体が相手にぶつけるいちばんの悪口雑言で、私たちもしょっちゅう言われますが、自分の方は「ウソをつかない」という市民道徳を絶対に守りません。

憲法論などもいろいろありますが、私どもは、宗教政党一般ということではなく、宗教の共存を認めない宗教団体と宗教政党、市民道徳も政治道徳もきちんと守るつもりのない宗教政党・宗教団体、この勢力が政権の一翼をになうにいたったこと、すでに首相を選ぶとき、あの政党・団体が賛成するかどうかが首相選びの最大の基準になるところまで、いわば政治の世界へのこの勢力の侵入が拡大してきていることに、私は、日本の世論が非常に広範に感じている危惧の一つがある、と思っています。

なぜこのことを言うかといいますと、実は先日、スウエーデンから議会の代表団が訪日して、私どもも会談したのです。団長さんは女性の副議長でしたが、政党はキリスト教民主党の方でした。この方に日本の政治状況を説明するとき、同じく宗教政党といっても、キリスト教民主党と公明党とはどこに違いがあるのか、この点をよく詰めて考えなければならないな、と思って、整理してみたのですが、そのあたりにいちばん大きな問題があると思っています。

## 質問に答えて

大原念佛寺住職・大島亮準、金光教教師、真言律宗般若寺住職・工藤良任、比都佐神社神職・福本正一、天理教神大都分教会・野田道法、臨済宗妙心寺派聖院住職・谷口楚碩、各氏の発言と質問のあとで。

たいへんありがとうございました。励ましの言葉もいただきましたし、叱咤の言葉もいただきました。いろいろな多面的なお話で、私どもが完全に同感することをたくさんおうかがいしました。

全部について申しあげるゆとりがございませんので、また次の機会、選挙のないときに、こういうことができて、昼間からゆっくりしたお話ができたらうれしいと思っております。

## 教育と市民道徳の問題

お二人の方から教育の問題が出ましたので、ちょっと説明をさせていただきますと、さきほど、相手方は日教組と共産党と言われましたが、教育の問題で、実は、私どもは日教組とはずいぶん論争をしてきたのです。何が論争の中心だったかといいますと、いろいろあるのですが、一つの大きな問題は、学校で道徳を教えることについてどう考えるかの問題でした。

私どもは、七〇年代のかなり早いころから、学校では、小学校でも中学校でも市民道徳の教育をやる必要があるということを言ってきました。それにたいして、日教組の方は、社会党と一緒になって、それは政府の道徳教育を応援するものだと攻撃してくる、それで大論争をやったのです。

市民道徳の教育を主張する以上、子どもたちに教えなければならない道徳には、どういう内容のものがあるのか、そういうことも討論して、共産党なりの提案を、党の大会で決めたこともあるのです。私たちはその時、最も大切な道徳は、人間の命の大切さを教えることだと、さきほど谷口（楚碩）さんが言われたのとまったく同じことを、私どもの提案の一番最初にかかげました。それから、おたがいの人格と権利を尊重しあうことなど、おたがいに社会をつくってゆくうえで、なくてはならないものを子どもたちがしっかり身につける、こういうことが大事だということを、党大会で討論し、党の提案として発表したこともあったのです。

おそらく教育への思いには同じものがあるのではないかと思います。

教育問題でもう一言いいますと、一昨年（一九九八年）、いじめや暴力事件が非常に激しくなったころ、私どもは、社会と政府、学校と家庭が全部協力してやらなければならない改革が三つあるとして、三つの改革の提案をし、その一つに学校教育の改革をあげました。そのなかで、受験中心の競争教育が、子どもの世界をひどいものにしている一番の根源の一つだと指摘しましたら、「国連・子どもの権利委員会」が、その数カ月後に、日本政府に勧告を出して、受験偏重の競争教育が、日本の子どものストレスを大きくし、荒れた世界をつくる大きな原因になっている、日本政府はその改善に取り組むべきだと言ってきたのです。まったく〝わが意を得たり〟でした。

私どもは、とくに小学校、中学校では人間づくりを中心にすることを考えています。知育でも、大学受験のために、無理にいろいろなことを暗記させるといった教育ではなく、物事の道理のわかる教育に切りかえるとともに、市民道徳の教育、体力をちゃんとつける体育、情操教育など、人間づくりの教育に思い切って中心を移さなければいけない、これが、三つの改善の一つの柱なのです。

なお、つけくわえて言えば、「国連・子どもの権利委員会」が、世界の主要国の政府にたいして、これだけきびしい勧告を出したのは、初めてのことだと聞きました。しかし、政府はそれから二年間、この勧告をまったく問題にしないという態度をとっています。ここでも政府の対応の遅れはひどいものです。

## 少年法の矛盾点の見直しを提案

また、少年問題では、少年法の問題があります。このあいだ、私は提案したのですが、日本では少年法の対象となる少年を、戦前は一八歳以下としていました。戦後、それが二〇歳以下に切りかえられたのですが、これは、当時の世界の風潮を輸入したものでした。当時は、日本を占領していたアメリカを含め、世界全体として、成人年齢は二〇歳で、選挙権も二〇歳以上となっていましたから、二〇歳にならないものは、未成年として扱うというのが大勢で、これが導入されたのでした。

ところが世界では、六〇年代の末から七〇年代にかけて大変革がおきました。青年運動もいろいろな形で各国でさかんでした。そういうなかで、サミット諸国では六九年から七四年までのあいだに、選挙権の年令がみな一八歳に下げられたのです。そして、それとあわせて少年法の適用年令も、一八歳以下に下げられました。つまり、一八歳以上の世代を一人前の大人として扱おうということが、世界では、三〇年前に確立したのです。

ところが、日本は、その改革をしないままでずっと今日まで来ました。ですからいま、世界で、日本のような二〇歳選挙権の国はわずか二十数カ国となり、圧倒的な多数の国で、一八歳あるいはそれ以下の選挙権となっています。このように、社会が一八歳以上の青年を一人前扱いせず、その権利を認めないまま、少年法の対象にしていることが、いろいろな矛盾を生むわけです。

私は、先日の提案のさい、日本のこの遅れを指摘して、社会がこの世代に対応する態度の問題だ、一八歳以上の青年をちゃんと大人として扱おうじゃないか、選挙権も保障し、犯罪の問題についても、それだけの責任を負うようにする、これが世界の流れで、日本もそこに進まなければならないと、社会がこの世代をどう扱うかという角度から問題に接近することを提案しました。

こういう問題でも、日本の対応の遅れは、すごく激しいものがあります。

最後に、野田（道法）さんが言われた唯心論と唯物論の問題ですが、私は、野田さんが出された答えが正解ではないかと思います。

哲学でいえば、私どももいろいろな意見を持っているし、みなさんもお持ちでしょう。そして、こういう問題で、みんなが同じ考えになる社会をつくろうとは、誰も思っていないのです。哲学の問題では、お互いが自由に自分の考えを持ち、それこそ内心の自由を大事にして、自由に議論をしあい、自分が正しいと思うものを自分で見つけてゆく自由な社会をつくればいいわけで、そういうことを大きくめざしながら、現世をよりよくしてゆこうというのが、われわれの努力の方向ではないでしょうか。

野田さんが言われたように、唯物論か唯心論かはあとでゆっくり議論することにして、いまのたいへんな問題にたいして一緒にがんばろう。第二次世界大戦中、フランスのレジスタンス（ナチス・ドイツに対する抵抗運動）のなかでは、「神を信じるものも信じないものも」が合言葉になったと言います。これは、レジスタンスだけではなく、社会がいろいろなものにぶつかるときの合言葉にしなければならないものだと思います。唯心論であろうが、唯物論であろうが、現実にぶつかっている問題を力をあわせて解決してこそ、世の中の前進があると、私は考えています。

## 第二回懇談会（二〇〇一年三月一六日、京都・知恩院和順会館で）

懇談会は、浄土真宗本願寺派布教使・大原光夫さんが進行役となり、日本聖公会京都ヨハネ教会牧師・大江真道さん（呼びかけ人）および真言律宗浄瑠璃寺住職・佐伯快勝さん（総合司会者）のあいさつの後、不破が最初の発言をしました。

### 最初の発言

日本共産党の不破でございます。昨年（二〇〇〇年）六月、宮城（泰年）さんのお世話で聖護院を会場として集まりがありまして、選挙の最中、始まりの時間も遅くあわただしい中でしたが、京都、大阪、滋賀、奈良の宗教界のみなさんと膝をつきあわせて懇談することができましたことを、たいへんうれしく思っております。あのとき、〝またゆっくり〟というお話が出ましたけれども、早々とこういう機会が持てました。呼びかけ人のみなさま、ご参加のみなさまのご協力、お力添えに心からお礼を申し上げたいと思います。

本日の会場になった知恩院ですが、京都では宣伝カーでお寺の前を通ることは多いのですが、なかをじっくり拝見する機会はあまりありませんでした。知恩院も実ははじめてなんです。ここへまいりましたら、「京都解放運動戦士の碑」が三門（山門）のすぐ横にありました。そこをお訪ねして、いろいろうかがいました。一九五八年、いまから四十数年前になりますが、ここに碑ができるまでに非常に感動的な歴史があったのですね。とくに知恩院での浄土宗宗議会のみなさんが熱心な議論をされて、永代《えいたい》この地を貸すという結論を出された。本当に感動のドラマだと思いました。こういうお力添えを宗教界の方々からいただいたんだなと、その歴史を聞いて私自身も深い感動をおぼえた次第です。解放運動の歴史につながるものの一人として、あらためて感謝の言葉をのべさせていただきます。

こういう懇談の場と申しますと、意外の念を持たれる向きがまだあるのですね。前回もある参加者から、「息子と討論してきた。〝哲学が違うのになんで交流や協力ができるのか〟という話になった」とうかがいました。たしかに哲学は違います。しかし、哲学の違いをこえて、いまの日本と世界には、ともに力をあわせて立ち向かわねばならない問題がたくさんある、現世の問題で協力したいというのが、私どもの考え方なんです。

## 日本の宗教界の共存という伝統の大切さ

今日ここにうかがいます前に、近畿宗教連盟の『二十一世紀宣言』というものを拝見しました。そのなかに、「異なる宗教と宗教が、その垣根をこえて相和《あいわ》し、世界の平和・人類の幸福に貢献するべく宗教対話、宗教協力を推進せんことを約束する」という文章を読みまして、心深く打たれるものがありました。

世界に宗教紛争がいろいろあります。宗教が違うとなかなか一緒にやれないという状況が多いのです。しかし、ここでは、宗教の違いをこえて、「異なる宗教と宗教が垣根をこえて」力をあわせよう、二一世紀の世界の問題、人間の問題に立ち向かおうということが、宣言されています。これは今日、非常に大事なことだと思います。

私たちは、党としては無宗教ですけれど、宗教界のみなさんとの協力の問題で私どもが考えていることは、この宣言でみなさんが言われている「垣根をこえて」今日の問題で協力しよう、対話しようということで、同じ気持ちだということを深く思いました。

昨年六月にお会いしたときも、京都や関西の宗教界のみなさんのことで、つねづね感じていることを二つ申しあげました。一つは、多くの宗教の共存ということが、当たり前の伝統になっていることです。だから、私どものように無宗教のものも、平気でこの共存の世界に入ってゆけます。それが、非常に大事なことだといつも思ってきました。

もう一つは、みなさんが、現世の問題、民衆の問題に、それぞれの立場から真剣に取り組んでおられることです。こういう点は、いつも強く感じていたことですが、話し合いをかさねながら、あらためてその思いを深くしました。

私は、このことは、これからの日本を考える上でも非常に大切なことだと思います。日本の国民のあいだには、考え方も哲学もたいへん多様なものがあります。しかし、人間と命を大事にする気持ちを社会と政治に広げたいということ、生きやすく住みやすい日本をつくること、環境の問題、平和の問題に真剣に取り組むことなど、考え方の違いをこえて、国民的に力をあわせなければいけない問題は無数にあると思います。

その点で、宗教界のみなさんが、異なる宗教の垣根をこえて協力されるということ、また、私どもが哲学の違う宗教界のみなさま方と、現世の問題に共同して立ち向かうという立場で交流し、協力の実をあげるということ、これは、国民がいろいろな考え方の違いをこえて協力してゆくという今世紀の展望にとって、核の一つとなるような意味を持っているのではないか。そういうことも考えながら、今日もこの集まりにうかがった次第です。

なお、宗教の問題での日本共産党の立場ですが、党としては無宗教です。しかし、前回も申しましたように、党員の信仰の自由は認めておりますし、宗教者の方が党に入ることも、門戸は自由に開いています。昨年一一月の党大会で、党規約を改めたのですが、そのなかでも、日本共産党は「民主主義、独立、平和、国民生活の向上、そして日本の進歩的未来のために努力しようとするすべての人びとにその門戸を開いている」ということを、規約のなかに明記しました。

〝だから党に入ってください〟ということをここでみなさんに申し上げるものではないのですが、「門戸を開いた政党」だということを、ご理解いただきたいと思います。

## 自由な共同社会――信仰と布教の自由

私どもは、将来の社会についても、「自由な共同社会」ということを展望しています。この自由のなかには、信仰の自由、布教の自由が確固としてふくまれているわけです。党の綱領には、このことを、党は、「信教の自由を擁護し、政教分離の原則の徹底をはかる」と明記しています。どこかの国であったような、一つの世界観を、これが〝国の思想〟だといって押しつけるような態度は絶対にとらない、これは、党の大会で採択された『自由と民主主義の宣言』という文書に明記されています。そういう立場で将来を展望している政党ですから、宗教者のみなさんとの協力は、短い当面の時期のことだけでなく、先々までたいへん長い時間のスケールで協力しあえるものだという展望を持っております。

さきほど、党内で信仰の自由を認めていると言いましたが、現在、党内にも多くの宗教者の方がおられます。昨年の党大会では、お寺の住職の方が代議員として参加し、発言しました。そのことが会場の全体に感銘をあたえましたが、とくに海外の代表のみなさんのあいだで、大きな波紋と感動をよびおこしました。私は、海外の多くの代表団と懇談したのですが、どの代表たちも、宗教者が大会に参加していることについて、口ぐちに驚きと感動をのべるのです。なかには〝代議員席にすわっていても、あの人の姿が光って見える〟という感想もありました。

どこの国でも、政治運動と宗教界との関係ということでは、それぞれにいろいろな問題をもっているようです。ですから、ある代表は〝日本で実現した宗教界とのこういう関係を参考にすれば、わが国でももっといろいろな発展の可能性が開かれるはずだ〟と、真剣に語っていました。カトリックが大きな力を持っているある国の代表は〝目が開かれた〟と言われました。

そういう点から言っても、私どもが互いに努力している、宗教者のみなさんと私たちとの協力、哲学の違いをこえた協力は、これが発展すれば、非常に大きな意味を新しい世紀に持ちうるのではないかと思います。

## 次の世紀に日本と地球をりっぱな姿で……

さきほど、近畿宗教連盟の『二十一世紀宣言』にふれました。新しい世紀を迎えて、現世の問題での協力が大事なときに来ています。『宣言』に書かれていることには、共感する点がたいへん多いのですが、さきほども言われた「共生」ということ、同じ日本、同じ地球に生まれたものが、次の世紀に日本と地球をりっぱな姿でひきついでゆけるように、いろいろな流れに属するものが力をつくして共同する、ともに生き、ともに仕事をする、そういう関係をつくりあげてゆくということは、まさに新しい世紀が求めているものだということを痛感しています。

そういう気持ちから、今日の集まりが持たれることを喜び、ぜひ忌憚のないご意見をおうかがいしたいし、こういう機会をさらに広げ続けてゆきたいと思います。その点でのご協力をお願いして、最初のご挨拶とするものです。ありがとうございました。

## 質問に答えて　1　（カトリック教会信徒・四方修吉さんへ）

（1）率直にお答えしますと、まず葬式の問題ですが、葬式のやり方は、党員一人ひとりの個人的な状況によります。葬式をやらないで追悼会だけをやるという方もおられますし、葬式をやる場合でも、ご家族の状況で宗教的な葬式をやられる方、あるいは無宗教の形でやられる方など、さまざまです。それは個人の事情にまかせています。

党として葬式をする、いわゆる「党葬」の場合は、無宗教の形でやっています。

（2）次に、政党はなぜ「共生」できないのかという問題ですが、政党が共通の志と要求をもって共同するということは、私どもの言葉で言いますと「統一戦線」の問題です。私どもは、当面の課題、要求で一致するときには、どんな政党とも一緒に共同するという立場をとっています。

ただ、「平和」という一般的な言葉の範囲では同じことを語っているように見えても、この問題を具体的にどうするかというところで一致しないと、政治的な共同はできないのですね。そこまで議論して、要求・課題が一致する場合には、政党どうしの共同、つまり「共生」をしようじゃないか、というのが私たちの立場です。

（3）共産党の支持率がもっと大きくなるようにとのお話は、ぜひそのようにがんばってご期待にこたえたいと思います。また、共産党が加わっている運動について、相手側が色目で見るのはおかしい、というのはその通りだと思います。この点では、日本には特別に遅れた状況があり、多少減ってはきていますが、まだまだ強くあります。

少し余談になりますが、このあいだアメリカの原潜事故があったとき、私どもは、参議院議員の緒方靖夫さんを団長に、ハワイにすぐ調査団を出したのです。行ったらすぐ、アメリカの調査委員会が記者会見で発表をしているところに出会って、責任者との話し合いができました。そのとき、日本共産党の国会議員だと名乗ると、相手はびっくりするが、だからといって差別的な扱いをすることはまったくない、きちんと真剣に対応する。どこへ行ってもこの点は共通だったとのことです。緒方さんは、帰ってからその話をして、アメリカにはいろいろ悪いこともあるけれども、こういう問題では、世界で民主主義のもっとも古い歴史をもっている国だけのことはある、日本との違いを痛感した、と語っていました。

日本の政治でも、アメリカに学ぶというなら、こういう点をこそ学んで、立場が違っても議論を率直にしあえる状況をつくるために、力をつくす必要があると思っています。

## 質問に答えて 2 (元龍谷大学教授・加藤西郷さんへ)

いまの政治にたいする見方ですが、二つの面から見ることが大事だと思っております。

一つは、政府がすすめている政治の中身は、かつてなく悪くなっているということです。いまも〝戦前の道をもう一度〟と言われました。本当にそういうことを思わせる政治の現実があります。私は、国会に出て三二年になりますが、平和、経済、環境、汚職・腐敗などなど、三〇年前の自民党政治とくらべても、問題にならないようなひどいところに転落しています。

もう一つ見るべき点は、では、悪くなる一方かというと、悪くなった政治の基盤が、こんなに崩れていることはないということです。この政治に国民のだれもが満足しておらず、そのことがこれだけ表に出ている時はありません。

ただ、満足しないということが、新しい政治をつくりだす自覚的な力になっているかというと、そうではないところに難しさがあるのですが、悪い政治をやっている人たちが、いまくらい危機感にとらわれていることはないでしょう。悪政で何が悪いと居直れた時代とは違うのです。先日の自民党大会のときにも、集まった代議員のなかで、〝このままでゆけば、自民党は死んでしまう〟という思いが共通していたと言われました。こんなことは、かつてなかったことです。

悪い政治とともに、それを変える可能性が、戦後日本の歴史のなかでも、かつてない広がりを見せています。

いま、国民の立場で政治を見る時、この両面を見ることが非常に大事だと思っています。政治が悪くなっている、そのことだけを見ると悲しくなるんですね。もう前途がないような。しかし、その政治を変える可能性が同時に発展していることを、悪い政治をやっている人たち自身が、われわれ以上に感じており、しかも、崩れている地盤を立て直す道も見つからないでいます。地盤を立て直す策も、政治がぶつかっているいろいろな問題の解決策も持っていないことを、自分たちでよく知っています。彼ら自身が行き詰まっているのです。

宗教界の言葉で「教化」ということを言われました。庶民のあいだでの活動で、その気持ちを広げようということでしょう。そういう活動が、世の中を変えるものすごい力になる可能性をすごく持っている時代だということ、この面を見ることが大事だといつも考えています。

さきほどのお話に出た戦後の時期にくらべても、その可能性はぐっと大きくなっています。それをどれだけ本物にできるかは、政党の仕事であるし、またここにお集まりの宗教界のみなさんの仕事でもあるということではないでしょうか。

## 質問に答えて 3（浄土宗信徒の方、日本キリスト教団同志社教会牧師・佐伯幸雄さんへ）

いろいろな問題が出されました。平和の問題、環境の問題、人権の問題など、どれも本当にそれに取り組んで解決してゆこうと思うと、やはり、その声を国民多数のものにしてゆかなければなりません。それではじめてものごとが動いてゆくし、解決にすすんでゆけます。

そして、そこに私は、政党と宗教界の方々との交流・協力の意味と力があると思います。宗教界の方々は、その活動を通じて、日本の国民のあいだに非常に大きな結びつきと影響力とを持っておられます。さきほど『二十一世紀宣言』を拝見して多くの点で感銘をうけたと申しましたが、宗教界の方々の国民との結びつきと影響力を、これらの問題に本当に生かして、その解決にすすんでゆく、こういう二一世紀にしてゆこうという流れが、ここには共通のものとして示されていると思います。

### 「政教一致」とはどういうことを指すか

さきほど、〝政教分離と言っているだけではすまないんだ、いわば政治のかかわる問題にも、宗教界からどんどんものを言っていかなければいけないんだ〟という発言がありました。本当にその通りだと思います。

「政教分離」というのは、政治のかかわる問題に宗教界がものを言ったり、発言したり、力を出したりすることを止めることではありません。憲法の解釈からいっても、宗教団体が政権に介入してこれを動かす、政権を使って宗教活動をする、これが「政致一致」であって、それを禁じるというのが、政治と宗教の関係の近代的な原則です。民衆の側からいえば、宗教界の方々が、人権の問題や平和の問題、環境問題を取り上げることは、まさにもっとも求められていることであって、これは「政教分離」の原則に反することではまったくないと思います。

さきほど、イスラムの話も出ました。私は、いま世界で起こっている宗教紛争の多くは、二つのことがきっちり確認されれば解決することができると思います。

一つは「政教一致」にかかわる問題です。先日、イランの大統領が日本を訪問して、私も歓迎の晩餐会におつきあいしたのですが、イスラム国家のなかでも、イランでは、大統領は、国民から選挙で選ばれています。いまの大統領は「改革派」だと言われていますが、国民が選ぶ議会を中心に政治にあたってゆこうというのが、イランの「改革派」の特徴のようです。ところが、イランの政治の現実の運営では、国民が選んだ議会が法律を決めるのだが、その法律を実際に有効なものと見るかどうかの最後の結論は、イスラム教の最高指導部の方で、イスラムの宗教的な原理にもとづいて判定する。この最高指導部は、国民から選ばれたものではなく、いわゆる政治の民主主義とは別のところにある存在です。そのあたりに「政教一致」の体制の矛盾が出ていると思います。

いま、アフガニスタンで起こっている仏像破壊などのことでも、ついこのあいだまでは、アフガニスタンにこんな宗教紛争はありませんでした。いわば遺跡としての仏像と共存していました。それが、急に共存はダメだということになって、仏像の破壊を始めました。そこまで「政教一致」が極端化したわけです。

いろいろな宗教紛争を見ると、形はいろいろですが、「政教一致」というこの問題が根源にあることが多いのです。

もう一つの問題は、他の宗教の信仰の自由は認めない、要するに、宗教の共存を認めないという考え方で、これがしばしば紛争の根底にあります。

この点をよく吟味して「政教一致」をのりこえる、宗教の共存を認めあう、この二つの基準を国際的にも確立することができたら、世界がこの基準をきちんともって宗教問題にあたってゆけるようになったら、いま起きている世界の宗教紛争の多くは、かなりの程度まで解決されるのではないでしょうか。私はこの点でも、日本の宗教界がいま到達している立場というのは、非常に大きな意味をもっていると思っています。

こういうことも含め、宗教者の方々が、たとえ政治にかかわる問題であっても、民衆の側にたって努力する。そのことに、宗教者として国民とのあいだで築いている結びつきを前向きに生かしていただきたい。これが私どもの念願です。

## 「無宗教」という言葉の意味について

次に、政党の問題があります。私が「無宗教」という言葉を使ったことについて、ご意見をいただきました。いろいろ考えてみますと、この問題には二つの面があるように思います。

一つはいま出たお話で、身近に見ている共産党員が、無宗教というより、反宗教的な態度をとっているんじゃないか、とのご指摘でした。

もう一つは、政党として私たちがとっている基本的な態度そのものの問題です。私どもの立場というのは「反宗教」ではありません。そして、「無宗教」というのも、「政党として」の立場で、政党として宗教的な世界観とか宗教的立場はとらない、ということです。しかし、党内では、一人ひとりの党員の信仰の自由は認めます。また、社会では、信仰の自由を守ることは、将来にわたって当然のことだと考えています。さきほど申しましたように、「反宗教」ではないのです。党として、宗教的な立場はとらないという意味で、「無宗教」と言っているわけです。そこのところは、「反宗教」ではなく、「無宗教」と言っているところに注目していただきたいと思います。

私たちは、さきほども述べたように、政治と宗教の間違った結びつき、とくに政権への宗教団体の介入については、これをきっぱり否定する立場をとりますが、その問題と、われわれが共産党という政党として、「反宗教」の立場をとっていない、という問題は、分けて理解していただきたいと思います。

お話に出たように、みなさんの身近にいる党員のなかに、宗教者の方々の宗教的な信念や宗教的な信仰心を傷つけるような言動、「反宗教」かと誤解されるような態度がもしあるとしたら、それはわが党の真意ではないので、全体としてただしてゆく努力をしたいと思います。

いまの日本では、どんな問題でも、国民多数の気持ちがその解決の方向に向かわなければ、ことは解決しません。宗教界のみなさんは、みなさんの独自のつながりを生かして、国民の多数がそういう方向に向かうよう努力をされています。その努力を宗教と宗教の垣根をこえて大きく広げようということが、さきの『宣言』ではうたわれました。私どもは、政党として、やはり同じ諸問題について、国民多数がそういう方向で声をあげる時代が早く来るように、さきほど冒頭の発言で、人間と命を大事にする気持ちが社会と政治の全体に広がるようにという一つの目標について述べましたが、そういう努力をおこなっています。お互いのこの努力が、交流しあい、合流しあって、新しい日本の状況をつくり、世界の状況をつくってゆく力になれば、というのが、宗教界との協力に私どもがかけている願いであり、気持ちだということを、あらためて申し上げたいと思います。

そういう点では、党全体の活動に、足りないところや、みなさんがいらつくことも、いろいろあるかと思います。しかし、いま述べた気持ちで、私どもは全体の活動、仕事をしております。その意味で、今日、お集まりいただき、いろいろなことを率直に述べていただいたことは、たいへんありがたいことだと思っています。そして、二回の経験をふまえて、そういう関係を今後ともさらに発展的に続けてゆくことを真剣に願っているものです。そのことを申し上げて、発言としたいと思います。

## まとめの発言

どうも、今日は本当にありがとうございました。私が言いたいことは、中間で何回も発言の機会を得ました。みなさんのこれまでのすべての発言に、二一世紀にむけて、日本と世界がぶつかっている問題に取り組もうという気持ちがみなぎっておりました。そこは、私どもと気持ちは一つです。

今日は本当にいい話し合い、いい語り合いができたと思います。これを一つの大きな励みにして、大いにがんばってゆきたいということを申し上げるものです。

最後に、軍事同盟についてのご質問がありましたので、その点だけお答えしておきます。私どもは、軍事同盟の存在にたいして、ただ日本で反対といっているだけでなく、世界でも軍事同盟をなくすことを提唱している政党です。私どものこの立場というのは、前の戦争が終わるときにつくられた国際連合の精神にかなったものです。この国連の取り決めを本当に守れる世界――「軍事同盟のない世界」を二一世紀には実現しようじゃないか、というのが私どもが展望している目標です。

とくにいま重大なのは、お話に出たユーゴ空爆の場合のように、国連の上に軍事同盟をおく国連無視の動きが横行しはじめたことで、こうした大国中心の勝手横暴をおさえ、国連憲章が決めた平和のルールをまもることは、たいへん大事な国際課題になっていると考えています。

日本の軍事同盟についていうと、日米安保条約というのは、いまアジアに残っている軍事同盟の最後のとりでになっています。南北が分断されるという特別な事情のある韓国を別とすれば、いまアジアで軍事同盟に参加しているのは日本だけですし、アメリカの基地をかかえているのも日本だけです。それだけに、日本で平和の努力を強めることは、特別の意味を持っていると思います。

今日の話し合いのなかで、激励の言葉とともにご批判の言葉もいただきましたが、それらすべてを通じて、政党としての日本共産党と宗教界のみなさんとのあいだで、新しい世紀に、交流・対話・協力の関係を大いに発展させることができる、この見通しと確信を非常に強く得ました。

私ども自身、足りないところもあれば、出すぎたところもある、そういうことをきちんとしなければなりませんが、今日の会合をふまえ、党としてもそういう努力を真剣につくして、いま大きく道が開かれはじめた宗教界と私どもとの協力を、本当に力を持った、実のあるものに前進させてゆきたいと思います。そのことを最後に申し上げて、お礼のご挨拶に代えるものです。

本当にありがとうございました。

（『宗教者と日本共産党との対話　宗教者と不破哲三さんとの懇談会』二〇〇一年　同懇談会・事務局）

# 「子午線の祀り」をめぐって
## ――木下順二さんとの〝対話〟――

木下順二さんの訃報（二〇〇六年一〇月三〇日逝去）に接して、一カ月余になろうとしています。多くの人が、いろいろな場所で木下さんの思い出を語っていますが、私も、この十数年来の交流のなかから、もっとも心に残ることを記しておきたいと思います。

私は、木下順二さんとは、直接お会いしてお話ししたことは数えるほどしかありません。交流の大部分は、手紙や電話でのやりとりでした。しかしそこでの対話は、いつの場合も、演劇の問題、歴史の問題、戦争の問題、また私たちの活動への激励や助言など、多くの問題について、木下さんの深く豊かな考察をうかがわせるものでした。

いま紹介したいのは、交流の最初の時期の、木下さんの代表作の一つ、「子午線《しごせん》の祀《まつ》り」をめぐる対話です。私信ではありますが、以前、私の山行記（『私の南アルプス』一九九八年、山と渓谷社）のなかで、この対話のあらましを述べたいと思い、木下さんに了解を願ったことがあります。そのとき、快諾を得た経緯があるので、内容の紹介をお許し願えると思っています。

## 「子午線の祀り」の舞台を観ての手紙

私が「子午線の祀り」の舞台を観《み》たのは、一九九二年二月のことでした。間もなく、木下さんからお礼の葉書（二月一六日付）が寄せられ、そのなかに、「私としてはこの実験が日本演劇の未来を拓《ひら》いて行くために少しでも意味があればと思っています」と、力強い抱負の言葉が述べられていました。私は、さっそく、木下さんあての手紙（二月二九日付）を書いて、多少の不躾《ぶしつけ》さを覚悟したうえで、舞台を観てから考えていたことや疑問に思っていたことを、ご当人に率直にぶつけてみたのです。

「『子午線の祀り』は、本当に緊張のうちに楽しく観せていただきました。群読というのは、私ははじめてでしたが、力感に躍動感がくわわって、圧倒される思い、やはりあの芝居ならではのものなのでしょうね。

実は、舞台を観てから、嵐〔圭史《けいし》〕さんの『知盛逍遙《とももりしょうよう》』と『平家物語』を読みました。嵐さんの本は、以前にいただいていたものなので、多少はページをくったこともあったのですが、お芝居を観てから読む本だなと悟って、そのままにしておいたものです。『成るほど』と会得されるところが多くてたいへん面白かったのですが、そうなると理解を深めた目と耳でもう一度舞台を観たくなるから、ちょっと悪循環的な思いがあります。実際、この本を読んであらためて舞台の流れを思いだすと、セリフや群読の一節一節が、ぬきさしならぬ必然の関連で、刻みこまれていることが、いっそうよくわかります。時間のやりくりがつかずにこれまでこのお芝居を観られませんでしたが、木下さんが書かれた通りに演出された四時間二〇分の舞台を最初に観ることになったのは、結果論的にいうと、よかったかなと思っています。

『平家物語』の方は、読んだのはだいぶ以前のことで、それも興味のあるところの飛び読みでしたから、まったく新しい書物のような思いで読みました。私もたまには歌舞伎を観ることもあるので、知盛というと、『義経千本桜』をすぐ思いだすのですが、一般的な印象では、あまり重要人物扱いされないできているでしょう。しかし、『平家』を知盛を中心に読んでみると、『平家』でも、なかなか独特の性格で描かれているのですね。石母田《いしもだ》〔正〕さんが、岩波新書の『平家物語』を知盛の『見るべき程の事は見つ』から書きはじめているのも、うなずけました」。

## 〝知盛〟像をどのように彫り上げたか

手紙では続いて、主題を、劇作にかかわる質問点に進めました。

「こんどは、木下さんが、知盛像のどこを〝発展〟させたかに興味をもって『平家』を読みました。知盛対宗盛《むねもり》、知盛対民部《みんぶ》、知盛対義経という対照を軸にして、それぞれの側から、知盛の独自の個性をうきたたせているところに、木下さんの知盛像の展開があるとの印象をうけました。院宣《いんぜん》（法皇の命令を記した文書）にたいする回答を宗盛ではなく知盛の口述としたところ、この回答のなかの『神器が海外に出てもよいのか』という言葉を民部の海外亡命計画に具体化して、知盛にそれへの対応をせまるくだり、また義経との性格的な対比をきわだたせていることなどなどですが、私の勝手な読みこみでしょうか。

『平家物語』をいま読んでみると、『三種の神器』というモノが、天皇の正統性の証として絶対化されている——これは、今日につながる問題ですね——そしてそれが物語の展開の軸的な位置におかれていることに、あらためて気付きます。そのことに関連して、『天皇は人がこねてつくるものだが、神器はそういうわけにはゆかない』という〝大胆な〟セリフは、核心をついたものでしたね。これも木下さんの民部ならではのセリフとして、聞かせてもらいました。

当日、滝沢〔修〕さん、山本〔安英《やすえ》〕さん、嵐さん、観世《かんぜ》〔栄夫《ひでお》〕さん、野村〔万作《まんさく》〕さんにもお会いしてご挨拶《あいさつ》しました。滝沢さんも山本さんも、舞台にたった姿は、二人ともお年を感じさせない実にりんとしたもので、感心させられました。

これからも第六次、第七次と上演される予定だそうですが、『日本演劇の未来を拓く』という木下さんの言葉は、本当に舞台を拝見したものの実感としてうけとめられます。どうか、お体を大切にご活躍されますよう、心から期待しています。また共同でこのお芝居にうちこんでいられるみなさんにも、よろしくお伝えください」。

## 『平家物語』と読みくらべると

木下さんへの私の質問には、少し注釈が要ります。

芝居は、平家が一の谷の合戦に敗れ、海を渡って四国の屋島《やしま》に引き退いてきたところから始まります。平家一門の中心は、平清盛の子である宗盛・知盛兄弟ですが、新たに陣をかまえた屋島に、京都の朝廷の最高権力者・後白河《ごしらかわ》法皇から「院宣」が届きます。内容は、一の谷で捕らえられた平重衡《たいらのしげひら》（宗盛、知盛の弟）の助命とひきかえに、天皇位の象徴である「三種の神器」を引き渡せ、というものでした。これを受けた平家一門のあいだでは、受諾論と拒否論に分かれます。受諾論の先頭に立ったのは、平家の当主・宗盛でした。これにたいして、拒否論をとなえたのが知盛で、正統の旗はこちらにある、あくまで戦うというのなら、「われら、鬼界ケ島、新羅《しらぎ》、高麗《こうらい》、百済《くだら》、渤海《ぼっかい》、雲の果てまでも帝《みかど》を奉じて赴く決意」と見得を切る。これが、舞台の節目となる場面のひとつでした。

ところが、『平家物語』を読んでみると、「巻第十」の「八嶋院宣《やしまいんぜん》」と「請文《うけぶみ》」の節に、このいきさつが記述されているのですが、宗盛・知盛の論争などはどこにもなく、三種の神器をもって海外にまでも出てゆくぞ、という名セリフは、宗盛のだした「請文」（回答書）のなかの一節なのです（ただし、海外の亡命先は「鬼界・高麗・天竺《てんじく》・震旦《しんたん》」と、中国、インドまでがあげられていました）。ここに、私は、木下さんの創作と工夫を感じたのでした。

もう一つ、知盛像を対照的に照らしだす人物として位置づけられた三人のうち、宗盛、義経は別として、民部という人物には説明が必要です。阿波民部《あわのみんぶ》という阿波の豪族で、一の谷の当時から平家軍に参加しているのですが、『平家物語』では、それほどの役割をになってはいません。それを木下さんは、平家軍の重要な一翼をになう武将と位置づけ、さらに「院宣」への回答にあたって知盛が述べた海外亡命計画の具体策の担い手という役目をふりあてました。

例の屋島での「院宣」への回答を合議する席では、この民部が、「三種の神器」の京都への引渡しに強硬に反対します。その論拠は、「畢竟《ひつきよう》、（「つまるところ」の意味）天子とは土をひねって作る人形のごときものよという思いがします。……それに引きかえ、三種の神器は誰人《たれびと》も新たに作りだすことのできぬ確かな品物、これを放してなるものか」というもので、「三種の神器」への絶対信仰は人後に落ちないのですが、その理由づけは実に冷《さ》めた物言いなのです。

そして、壇の浦合戦の前夜から当日にかけて、「三種の神器」と亡命計画をめぐる知盛と民部の葛藤は、合戦の敗北とあわせて、知盛が「見るべき程の事は見つ」と叫んで海へ身を投じる終幕への大事な伏流となってゆきます。

ここにも、私は、木下さんの劇作の独特の世界があると思いました。

木下順二さん

## 「返書」を受けての驚きと感動

木下さんからは、一週間もたたないうちに、思いもかけぬ、懇切きわまる「返書」をいただきました（三月五日付）。私の不躾な質問を正面からうけとめて、この戯曲を書いた経過などを率直に語られた文面を読んで、驚きと感動をおぼえたものでした。

「御丁寧な御返書をありがとうございました。御返書にまた御返書をかくことになりますが、お手紙があまりにお気持ちの籠《こも》ったそして的を射たものだったので、これを書く気になりました。お忙しいのですからこれへのお返事など必ず御放念下さいますよう。

そのお忙しさの中で、〔嵐〕圭史君の本と、さらには『平家物語』を読まれた由　伺ってびっくりしました。

おっしゃる通り、院宣に対する回答を『宗盛ではなく知盛の口述』に私がしたわけで、このことを今まで誰も指摘したことがないのは（別に批評家が指摘しなくてもいいことといえば、それまでですが）原文と読み較べるだけの努力を誰もしていないからだというふうに、私は感じます。

そして宗盛、民部、義経との『対照を軸にして』私が知盛像を作ったのもおっしゃる通りです。（むろん、それだけではありませんが）。民部の亡命計画を創作したのは、そのことと、もう一つ延《えん》慶本《ぎょうぼん》という異本に、九州、緒方三郎惟栄《おがたさぶろうただよし》の一党は早鞆《はやとも》の瀬戸《せと》へ回って『唐地ヲゾ塞ギケル』〔＊〕とひとことあるのから考えつきました。前に益田勝美君がこのことにちょっと触れていたのを思いだしたのでした。

ただ第六、七次計画というのはありません。十三年前、宇野重吉が基礎を据えてくれたものの発展という形は、この第五次を総仕上げとしてあとはないということで、今回の公演を持ちました。打揚げの会で、観世君が第六次をと演説したり、第二期第一次をという者が言って来たりはしましたが。

お手紙の主旨、共に頑張ってくれた皆へも伝えようと思います。」
＊　中国（唐）方面への脱出路をふさぐ、という意味。
木下さんが「共に頑張ってくれた」方々にこの話をされたということは、あとでいろいろな方から

耳にしました。

木下さんとは、その後の交流のなかでも、話題が戯曲や舞台のことに及んだことはありましたし、劇作にかかわる本もいただきました。その一冊、岩波新書の『〝劇的〟とは』（一九九五年）のなかで、木下さんは、自分がなぜ「子午線の祀り」の主人公に「脇役の平知盛」を選んだかについて、石母田正氏の『平家物語』との出会いをあげています。これは、最初の手紙でも書いたように、私自身の経験でもありましたから、〝我が意を得たり〟の思いでした。そういうこともふくめ、一九九二年の『平家物語』をめぐる対話は、もっともなつかしい、また意味深いものとして、私の胸にずしりと残っています。

## 六年後の手紙から

さきほど、私の山行記のなかでこの対話を紹介したと言いましたが、実は、「子午線の祀り」を観る前の年の夏、南アルプスの白峰三山《しらねさんざん》を縦走したのです。その翌年二月、舞台を観て、『平家物語』を読んだとき、一の谷の合戦で捕虜になった平重衡（「院宣」で「三種の神器」との引き換えが提起された例の人物です）が鎌倉に送られる途中、東海道から「雪白き……甲斐の白根」（いまの白峰三山のこと）を眺めて歌を詠むくだりに出合いました。そんなことから、山行記に『平家物語』と「子午線の祀り」が登場することになったのでした。

このとき木下さんからいただいた手紙も、了解というだけのものではなく、六年前の「返書」の内容を補足するたいへん丁寧なものでした。つまり、木下さんが、院宣問題での知盛のセリフを〝消極〟から〝積極〟に変えるさい、『平家物語』のどの箇所を「表現として参考にした」かについて、『物語』の巻と節の名を列挙した詳しい説明が加えられてあったのです。それには、「なにしろやがて二十年前のことで不正確ですが」との添え書きがあり、さらに知盛のせりふのなかに亡命先の候補地の一つとして書き込んだ「渤海《ぼっかい》」については、『平家』にはないらしく、自分が「この国名をどこから持って来てここに入れたのか、それが今思いだせません（分かったらはがきをさしあげます）」とも書かれていました。

私のささやかな質問への回答について、不明確さはいっさい残すまいとする木下さんの人柄が滲《にじ》み出た文章でした。

これらの数々の手紙やはがきは、いま取り出しても、感無量の思いがします。生前、幾度となく寄せられた私たちへの激励の言葉とあわせ、心に刻んでゆくつもりです。

（「しんぶん赤旗」二〇〇五年一二月一三日、一四日付）

# 益川敏英さんとの素粒子対談
## ――素粒子のふしぎから憲法九条まで――

**不破**　初めまして。テレビでお人柄も含め、いろいろな側面から拝見しているので、なんだか旧知のような感じがしております（笑い）。

**益川**　私も新聞紙面上ではよく存じ上げております（笑い）。

**不破**　今度のノーベル賞はマスコミでもたいへんにぎやかに扱われましたね。私は、湯川秀樹さんが日本で最初にノーベル物理学賞を受賞した一九四九年に素粒子論にひかれて大学の物理学科に入ったんです。当時、素粒子論は、日本のように貧乏な国でも紙と鉛筆さえあればできる学問だというのが売りでした（笑い）。

**益川**　そう言われていましたが、その後、一九六五年くらいから、原子核実験グループから素粒子実験の分野が独立するんです。日本の素粒子実験グループは今や世界に冠たる存在です。今の素粒子の研究は一〇〇〇億円かけた加速器を造って初めて理論の成果が検証できるという世界になっています。それぐらい、大がかりにしないと、進歩できない時代なんです。

われわれの研究論文も発表は三六年前（一九七三年）だけど、加速器での実験、検証が可能になったのは、ずっと後のことなんですね。

**不破**　理論がちゃんと実験で検証されたことが重要なんですね。同じノーベル賞といっても、経済学賞になると、金融危機で破たんが証明された理論が受賞したこともありますからね。

## 物理学との出合い

**不破**　私が素粒子論に興味を持ったのは、一九四六年に入学した旧制高校の時代で、理論物理学者の坂田昌一《しよういち》さんや研究仲間の武谷三男《たけたにみつお》さんを講演に呼んだりしました。一九四八年だったと思います。

**益川**　ほう。

**不破**　そのころ、坂田さんや武谷さん、湯川さんの本を読みましたが、なかでも一番印象に残ったのは、坂田さんが、物理学とレーニンの唯物論の関係について書いた文章でした。二〇世紀の初めに物理学が前途も足場も見失ったたいへんな危機におちいった時、その解決の方向を示したのは、レーニンだけだった、しかし、世界の物理学界には、レーニンのその文章を読んだものは、一人もいなかった、というのです。この危機というのは、物理学が原子の内部のミクロの世界に足をふみこむとともに起こった危機で、一九二〇年代に、ミクロの世界の法則をとらえる量子力学が成立して初めて解決されたのでした。

私は、ちょうど、レーニンの『唯物論と経験批判論』を読んだばかりだったので、坂田さんのこの論文には非常な感銘を受けましたね。

益川さんは、昨年（二〇〇八年）末の週刊誌に、「『人生を変えた』この一冊」として、エンゲルスの『自然の弁証法』をあげていましたね。

**益川**　私の場合は、一九五八年に大学に入りましたが、哲学書というよりは、武谷三男先生の弁証法の本とか、坂田先生の本を読みました。坂田先生が『自然の弁証法』のことを書いていたので、私も読んだのです。

**不破**　私は、大学では、もっぱら学生運動や政治運動のほうが忙しくて、物理学からは離れてしまったのですが、大学を出てからも、物理学の発展の跡だけは追っていました。

量子力学が成立したあと、原子核の内部の探究がはじまり、原子核が陽子、中性子というさらに小さい粒子からなっていることが明らかになる。一九三五年には、湯川さんが、原子核の構造の秘密を解くために「中間子」論を提唱し、やがてその粒子が発見される。こうして、物理学は、ミクロの世界を、原子からさらにその奥にある素粒子の世界へと分け入ったわけですね。

ところが、その素粒子論で、多様な物質世界の全体が説明されるかと思ったら、この世界は予想を

対談中の益川敏英さん

こえる複雑多様な世界で、新粒子が続々発見されはじめた。そのなかで、坂田さんが、一九五五年に、いわゆる「坂田モデル」というものを提唱した。これが、陽子、中性子、中間子などが構造をもった粒子で、その奥にはより基本的な粒子が存在する、こういう構想に立った最初の提唱だったわけですね。

**益川**　そうですね。私が物理を志そうと思ったのは、坂田先生が画期的なモデルを発表したという新聞の報道を見たからなんです。自分が住む地元の名古屋の地で、科学がつくられている、ぼくもぜひ加わりたいと、強烈に思ったものです。

## 物質の階層性

**不破**　私は、当時はもう大学を出て、鉄鋼労連という労働組合で仕事をしている最中でした。それから一九六四年に日本共産党の本部に移って現在にいたるのですから、物理学の世界は遠望しているだけですが、昨年（二〇〇八年）、益川さんたちのノーベル賞受賞のニュースを聞いて、ミクロの世界の研究がいかに深く進んでいるか、そしてまた、日本の研究者たちがこの前進にいかに大きな貢献をしていることを、たいへん深く感じました。
その感動をこめて、受賞の日に「物質の階層探究の歴史が輝きます」という祝電を打ったのでした。

**益川**　あの不破さんからの祝電に、妻と二人で驚きました。

**不破**　物質とは何か、という問題にたいし、坂田さんは、物質には「無限の階層」があるという考え方を一貫して提起していました。原子、原子核、素粒子は物質のそういう「階層」の一段階で、その奥にはさらに深い「階層」がある、という考え方で、一九五五年の「坂田モデル」は、この考え方に立って、素粒子の奥の「階層」を探究しようとした世界でも最初の提唱だったと思います。益川さんたちの研究は、素粒子の世界が、六個のクォークなどより根底的な粒子から成り立っていることを理論的に示したもので、いわば坂田さんの提起を受け、この世界の全体像を明らかにしたものでしたね。これで、素粒子の世界の統一的解明に道を開いたといってよいのではないですか。
益川さんたちのノーベル賞受賞以来、この研究と私たちの生きているこの世界との関連がよく問題になりますね。

**益川**　私たちの研究の意味について、マスメディアでもよく宇宙論のことが紹介されます。宇宙の始まりである〝ビッグバン〟の後に、粒子と、まったく性質が対称的な反粒子とがあったが、ぶつかりあってともに消滅した。しかし、粒子・反粒子の対称性には「破れ」があって、わずかに一億分の一ぐらい粒子が残って、今日の世界になった、という話です。

たしかに、私たちの研究は、そういうことにも関連してゆくのですが、私たちの論文にはそんな宇宙のことは一言も書いてないのです。粒子と反粒子のことは、論文発表の後に、吉村太彦《もとひこ》さん（元東大宇宙線研究所長）がそういう指摘をされたのが最初です。

**不破**　あなた方の発表の後ですよね。

**益川**　後です。私たちの研究の経過をざっと説明しますと、一九五五年に素粒子研究で大きな発見がありました。リー、ヤンという二人の研究者が、われわれの世界では、ほとんどの物がだいたい左右対称なんだけれども、わずか一〇万分の一ぐらいの割合で、左右非対称なことが起こっていることを理論的に結論づけました。

しかし、なぜそうなのか、わからない。そういうことは、われわれ研究者には何となく気持ちが悪いのです。その後も研究が続き、左右の入れ替えと同時に電荷の正負が逆である粒子と反粒子を入れ替える――そのことを「ＣＰ」と呼ぶのですが――と、やっぱり、われわれの世界は対称だったということが見つかった。それを「ＣＰ対称性」といいます。一九五九年のことです。ところが、その五年後の一九六四年にフィッチとクローニンという研究者がその「ＣＰ対称性」も破れているということを実験で見つけたんです。

**不破**　益川さんが大学院で研究を始めたころですね。

**益川**　そうです。当時、大学で、たまたま私がフィッチ、クローニンの論文の紹介役をしたんです。これは何だろうと思ったけれども、なぜそうなのか、うまい説明ができなかった。それから、八年たって、それを説明できる解答を見つけたんです。

## 六種類のクォーク

**不破**　それが、今回の受賞対象となった六種類のクォークの提唱ですね。

**益川**　そうです。そのころは、クォークは三種まで確認されていました（アップ、ダウン、ストレンジ）。私は、共同受賞の小林誠さんと、「CP対称性の破れ」について研究していました。四つのクォークを使った四元クォークモデルでは、どうしても「CP対称性の破れ」の実験を説明できない。ならば、六つでいいじゃないかと、ある瞬間に突然気がついたのです。

**不破**　それが例の、お風呂から出る瞬間だった、というわけですね。

**益川**　はい。それをもとに二人でいっしょに論文に書いたのが一九七二年です。

**不破**　研究経過についてのいまのお話は、たいへん興味津々でした。小林―益川理論についての紹介記事を読んで、いちばんわかりにくいのが、「対称性の破れ」ですよね。しかし、素粒子の世界を解明する理論が発展してきて、その理論でたいていのことは説明できるが、ある実験で出てきたこの現象（「対称性の破れ」）だけは説明できない、それは、理論がまだ素粒子の世界の全貌《ぜんぼう》をとらえていないこと、つまりまだ不完全なことの証拠だから研究者としてはそのままでは「気持ちが悪い」、その気持ちはよくわかりました（笑い）。そして、そこを突破してこそ、理論が新しい段階に発展する。世界は違いますが、同じようなことは、社会科学の世界でも、よく経験することです。そして、実際、益川さんたちの研究でそこが突破されたら、さきほどの宇宙の始まりの時期の研究にも新しい視野が開けてきたわけですね。

**益川**　最初は、ほとんど相手にされなかったのですが、実際に四番目のチャームクォークが一九七五年に発見されました。そのあとから、私たちの研究が有力なのではないかと注目されるようになり、五番目のボトムクォークが一九七七年に発見されました。

**不破**　六番目の発見はさらに一七年かかりましたね。

**益川**　六番目はトップクォークといわれますが、発見されたのは一九九四年です。アメリカの研究所と、日米伊の約四〇〇人の研究者の共同実験グループによってでした。さらに二〇〇一年に、日本の高エネルギー物理学研究所の実験で、私たちの理論が検証されました。

**不破**　その高エネルギー研究所の巨大加速器トリスタンを、私は「赤旗日曜版」の企画で、一九八八年に訪問したことがあります。一周三キロメートルの加速器でトップクォークを確認しようとする実験の様子を見学しました。そのときの説明では、二五六億電子ボルトの電子ビームを二万回衝突させているということでした。この加速器のエネルギーでは、トップクォークの発見は不可能ではないか、といわれ、世界には「トリスタンリミット」という言葉までできているんだとうかがいましたよ。

**益川**　実際、加速器のエネルギーが不足して、なかなかトップクォークがつくれなかったのです。

時間がかかったのもそのためです。そのころ、仲間内から「益川、何台加速器を壊したら気が済むのだ」と冗談まじりに言われたものです（笑い）。

**不破**　六種類のクォークですが、二種類ずつペアになって、第一世代、第二世代、第三世代と分けられていますね。第一世代のアップクォークとダウンクォークは、三つ集まって陽子や中性子の構成要素となっていることなどが分かっていますが、第二世代や第三世代のクォークは、自然の世界にどういう形で存在しているのですか。

**益川**　クォークは、単独で自然界に現われるものではないのですね。陽子や中性子が三つのクォークからなっている、というのも、実験の結果、そういう形でそこにあると考えるしかない、ということですし、第二世代、第三世代のクォークは、高エネルギーで素粒子を衝突させる実験で、その存在が確かめられた、ということで。それ以上のことはまだいえないのですね。

## 科学の方法論

**不破**　益川さんは、科学の方法について坂田さんに学んだ、とテレビで言われていました。その点で、益川さんの本を読んで、非常におもしろいなと感じたのは、「なぜか」と問うところから、次の階層への探究が始まるというところです。

**益川**　そうですね。実験のデータから、こういう現象が起きていると記述することはできるんです。でも「なぜ起きているのか」と聞かれると、もう一段深いところから説明しなければ答えようがない。

たとえば、炭素原子がなぜこんな質量かといわれたら、炭素原子を構成する陽子と中性子、その間にどういう力があるかということが分かれば説明できます。しかし、そんな知識がなければ説明できない。それと同じように、クォークがなぜこの質量か、と聞かれれば、もう一段下の理論がなければ説明できない。

そこから、坂田先生のいう「無限の階層性」という考え方が出てくるんです。物質の深い階層を探究する仕事がどっかで途切れてしまうと考えると、「なぜか」が説明できなくなって、最後は「神様が決めたから」というしかなくなってしまう。私は神様に頼るのは好きじゃないんで（笑い）。世界は必ず、人間が問うて答えが出るような構造になっている、と。

坂田先生の「無限の階層性」を卑俗に理解しちゃうと、玉ネギの皮むきみたいに、何回でもむいていくのは耐えられないという人も出てくるんです。そうではなくて、例えば、空間のとらえ方でもこれまでにないほかのとらえ方がある、というようなあらたな段階がくると思います。

**不破**　物理学というのは、実在をとらえる学問ですから、どんな研究も、出発点は実験や観測に現われる自然の現象そのものですよね。その現象を説明するために、その現象を引き起こしている物質の構造はどうなっているのか、いま分かっている階層のレベルだけでこの現象の説明が可能なのか、それとも、より深い階層の存在やその働きをつきとめてこそ現象のおきる仕組みが明らかにできるのか、そこからいろいろな理論や仮説が提唱されますが、その理論や仮説が正しいかどうかの審判は、結局、実験や観測の検証によってくだされる。益川さんたちをはじめ、日本の多くの素粒子研究者のお仕事には、こういう研究方法が意識的に活用されているように思います。この方法論は、私たちの言葉でいうと、唯物論と弁証法ということになるのですが……。

ただ、別の分野の最近の動きを見ていると、方程式を解いたらこういう答えが出てきたから、ということで、「仮説」をたてたら、それに対応する世界が必ず実在しているはずだ、といった議論が結構さかんなようですね。気になっていることの一つです。

**益川** そういうのを見ていると、流行してもすぐ消えますね。

**不破** 達観してますね（笑い）。世界の物理学界を見たときに、これだけ方法を詰めて考えている流れは、日本のあなたがた以外に世界にありますか。

**益川** はっきり言う人はいないですね。だけど、それを表面的に否定している人たちも、何かは持っていると思います。

科学というのは、必ず仮説を立てて、それが合っているかどうかを実験で確かめる。何かターゲットをつくらないとうまくいきません。未知のことを調べる場合は必ず、仮説をたてる。その作業のなかには、坂田先生みたいにきっちり分析した方法論もあるし、それを覆い隠して、インプットとアウトプットだけを示す人もいます。

**不破**　坂田さんが影響を受けたエンゲルスの『自然の弁証法』は、長い時間かけて書いた論文や覚書の集大成で、そこには扱っている素材そのものが古くなっている部分もありますが、自然科学自体が、そこで論じられた方向でその後発展しているという研究もあります。

そのなかでも、素粒子論で大いに活用されてきた「物質分割」の「無限の階層論」などは、自然科学の発展にもっとも貢献したものの一つだと思います。実際、原子の内部など自然科学の視野にまったく入っていなかったあの時代に、よくもここまで、と思うことが書かれていますね。なにしろ現代の素粒子論にも通じるのですから。

余談ですが、エンゲルスは自然の弁証法についてあれこれ思いつくと、マルクスに手紙を書いて知らせることがよくあるのです。ところが、物質の階層論については、マルクスに手紙を書いたのが一八六七年、『自然の弁証法』に収めた覚書は一八七七年、一〇年間の時差があるのです。

**益川**　ほう。

**不破**　その間にはっきり考え方の発展があるんですね。マルクスへの手紙では、物質の分解の過程での「階層」には、質的な区別しか問題にしていない。

ところが、一〇年後に覚書を書いたときには、階層が違うと、物質の「性質」や「存在様式」が違ってくる、そこまで書いています。背後関係を調べてみると、当時の自然科学界で唯物論派と観念論派の論争があるのですが、唯物論派のあいだに、化学の問題でも生命の問題でも、すべて力学の立場でとらえるという傾向が強かったのですね。エンゲルスは、それをたしなめる形で、物質のレベルが違うと、世界の法則性が違ってくる、いわば根底にある世界の法則が上の階層の世界の法則に移行する、そういう議論をしていました。

**益川**　なるほど。

**不破**　もちろん、人間の認識がようやく原子の存在に到達した時代ですから、その先の階層など問題にならないのですが、そういう時代に、物質の「階層」論を提起し、それが今日のミクロの世界の研究にも役立っているのですから、その間の一三〇年という時間差を考えると、すごいことだと思います。

## クォークに色と香りの名

**不破**　ところで、素粒子の世界にもどりますが、より深い階層に進むと、物質の存在様式、あり方が違ってくる、という話は、素粒子やクォークの性質の規定そのものによく現われていると思います。素粒子の性質を規定する「量子数」は、大部分が普通の世界の住人にはイメージしようのないものでしょう。また、六種類のクォークには、色だ香りだなど、面白い名前がついていますね。

益川　クォークを提唱した人（アメリカのゲルマン）は、クォークの三つの状態を区別するのに最初、赤、白、青とフランスの国旗をもとに色をつけていました。二、三年、みんながそれを使っていたんですが、そのうちに、光の三原色の方がぐあいがいいということになって、赤、緑、青に変わりました。素粒子の世界では、結構冗談みたいな名前がついています（笑い）。

クォークそのものの名前も、われわれが六種類あると予言したときに、当時、新たに存在を予言した三種類に名前をつけなきゃいかんなということはわかっていました。しかし、当時の片田舎で若造が名前をつけても誰も使ってくれないと、はじめからあきらめていたんですね。結局、それらには、ボトム、トップ、チャームなどという名前がつけられました。

不破　クォークがどんなに普通の常識とはかけ離れた性質をもっていても、それは別の世界の話でなく、私たちが生きている世界のあらゆる物質が、物質の階層を深く深くとらえてゆけば、クォークにまで行きつくわけですね。私たちの体も、細胞―分子―原子―原子核―素粒子―クォークとたどってゆけるわけですから、われわれの体がどれだけのクォークの集合体であるかを、ちょっとはじいてみました。十分確かめた数字ではありませんが、一兆の一兆倍のさらに一〇万倍ぐらいの数のクォークの集合体だということになりました。

益川　基本的にはわれわれの体を説明するには、クォークまでいく必要がないんです。原子・分子の世界の性質がわかればだいたいいい。

ただ、宇宙の始まりになると、そういうものが効きだしてくるんですね。

**不破**　もちろん、医学や生物学ではクォークからの説明など要りませんが、クォークの世界と私たちの日常世界とのつながりは、そこにも顔をだしますからね。

今後の研究ですが、素粒子論がさらに深まるきっかけになるような現象が出始めているんですか。

**益川**　いま物理学者が注目しているのは「超対称性」ですね。関係した粒子が加速器実験で見つかれば、今まで自然から教えてもらっていないことがわかりだす。トップクォーク発見よりも、大きな出来事だと思いますね。そのときは、ちょっと閉塞《へいそく》感のあった素粒子論が再び活気を呈するでしょう。ここ一〇年以内のうちに、素粒子物理学はもう一皮むけるだろうと思います。

**不破**　自然の奥深い姿を明らかにする仕事ですね。今後の探究を大いに期待しながら見ていきたいと思います。

## 貧しい教育予算

**不破**　あなたがたのノーベル賞受賞以来、日本の科学研究の今後についての議論がかなり活発になりましたね。

**益川**　科学というのは、最終的には人間の福祉、生活向上に役立つのが本来の姿だと思うんですね。

私は、東北地方のある地域のカキ養殖の話で説明しています。大変おいしく、全国的なブランドになっているカキの養殖をやっていたが、ある年を境にカキが取れなくなった。調べてみたら、そこの湾に流れ込む川の上流で乱開発が行われ、栄養分が流れ込まなくなっていたというのです。

科学というのは、いまや基礎科学から生活に密着したところまで、ひとつながりになっています。上流を枯らすと、下流も荒れていくんですよ。ところが日本の大学でも最近は下流のところばかりに目が行くんですよ。

**不破** しかし、上流で水が流れなければ下流は存在できませんよね。

**益川** 上流から下流まで、基礎研究による原理の発見から、人間の生活に役立つものになるのにどれだけ時間がかかるか、いくつかの例で調べたら一〇〇年単位なんですね。電磁波の理論をマクスウェルがつくったのは一八六四年。それがレーダーなど本格的に使われだしたのが一九四〇年。八〇年かかっています。

栄養分が下流に流れてくるのにそれくらい時間がかかる。だから、基礎科学をきちんとキープする文化というのはかなり意識的にやっていかないといけません。

変な言い方かもしれませんが、基礎科学とは何か。ぜんぜん役に立たない科学だ（笑い）。それくらいの思いで見ないといけないと思っているんです。

**不破** 科学が大事だと言いながら、日本の政治は、肝心なその上流を枯らそうとしているんですよね。基礎科学への予算の配分がひじょうに貧しい。

ちょっと数字を挙げますと、『科学技術白書』（二〇〇七年度）に、研究費のなかでの基礎研究費の比重を比較した数字が出ています。国によって統計の年次は違いますが、日本の一四・三％（二〇〇五年）にたいし、米国一八・七％（二〇〇四年）、ドイツ二〇・七％（二〇〇三年）、フランス二四・一％（二〇〇三年）。

それから、大学の高等教育にどれだけ国がお金を出しているか。これも日本はひどいのです。ＯＥＣＤ（経済協力開発機構）が二九カ国を調べた数字を出しているのですが、日本は、国民総生産の〇・五％で、二九カ国中二九番目で最低なんです。トップはフィンランドで一・七％、米国一・一％（七位）、フランス一・〇％（一〇位）、ドイツ〇・九％（一九位）ですから、けたはずれの低さです。

**益川**　日本の大学は、最近は国立大学法人ということで、経営的な観点が導入されています。大学でも、基礎科学という上流のところを枯らしちゃったら、下もだめになるぞという視点がいると思うんですよね。

**不破**　ここでも「国際競争力」にどれだけ貢献するかが最大の基準になっていますからね。日本は、社会の知的な土台をつくることにかけては、まことに貧しい。ノーベル賞の対象者を何人出すと、政府が号令をかけていますが、世界でいちばん「上流」に金をかけない政府が、いくら「ノーベル賞受賞者に続け」といっても空文句になります。

**益川**　基礎科学と応用のバランスをどうやっていくかは非常に難しい。しかし難しいだけに、これでいいのかという問いかけをしていかなければならないと思います。

**不破**　これでいいのか、といういまの問いかけは、社会や政治のいろいろな分野でも大事になってきます。

**益川**　科学者から見たときの平和や憲法などが、働き場所かなという気持ちはあります。名古屋大学の研究室の先輩に沢田昭二さん（名古屋大学名誉教授）という被爆者がいます。彼が書いた随筆を読んだことがあります。中学一年生のときに原爆投下にあい、お母さんは家の下敷きになった。火が燃え広がってくるけれども、どうしようもない。お母さんが火から離れろというので、泣く泣くその現場から離れた。そこで終わっているんですが、じんときました。

私も戦争体験は多少あります。名古屋の家のすぐ近くに高射砲陣地があって、ものすごい絨毯《じゅうたん》爆撃を受けて、家の周りは完全に焼け野原になった。家に落ちた焼夷《しょうい》弾は不発だったので焼け残ったのです。焼夷弾が地上まで落ちてくるところや、リヤカーに乗せられて両親と逃げていく場面がスチール写真のように記憶に残っています。

**不破**　私は、戦争終結のとき、中学四年生。東京は三月と五月、二度も大空襲にあい、私も焼夷弾の雨や機銃射撃は経験しましたが、家は焼けないですみました。戦争のあと、小学校の時から毎日たたきこまれてきた「正義の聖戦」論が偽りの議論だったと分かったことは衝撃でしたね。私の場合、そこらへんが政治の出発点です。

**益川**　私は、どんなことがあっても国家が引き起こす戦争には抵抗していきたいと思っています。

## 平和への情熱

**益川**　いま「九条科学者の会」で活動しています。改憲のターゲットは九条なんですね。今までいろんな解釈改憲でやってきて、こんどは自衛隊をソマリア沖まで出そうといいだしている。その先は、解釈改憲をしてもできないことがあるから、改憲したいというわけでしょう。

**不破**　そのとおりですよ。解釈改憲をあれだけ乱暴にやって、ついに自衛隊を海外に出すことまでやりだしたけれど、憲法九条の歯止めをなくすことはできないのですね。国会で海外派兵の法律を通しても、そこに〝戦争のような武力行使をしてはいけない〟という条項を入れないわけにゆかない。九条の歯止めがあるからなんですね。だから改憲への衝動は強くなるけど、九条をまもれという運動も高まり、世論も変わってくるという事態になっていますね。

**益川**　アメリカなどは、社会のなかでリベラルな層というか、平和を求める声がかなり大きな形で存在しているようですが、日本では、理性的な声があまり見えてこないように思いますが……。

**不破**　いま益川さんが言われた「九条の会」、これが全国の地域でも、「科学者の会」はじめ各分野でもつくられてきた。この運動はそれまでなかなかまとまった声にならなかった理性的な声をまとめるうえで、この二年間、すごい力を出してきたのではないでしょうか。憲法問題で世論の流れ、政治の流れを変える上で大きな役割をしてきた、と思います。

社会の方は、その時々には、ものごとが前向きに動いているかどうか見えないことが多いのです。しかし、一つの時代をまとまった視野で見ると、ゆっくりではあるけれど、やはり前向きに進んでいるんですね。

**益川**　私もいろんなところで同じようなことを言っています。人類の歴史は必ず進歩している。一〇〇年単位で見てみると必ず進歩している。

**不破**　ある瞬間には逆流も起きます。だから、その逆流をどう少なくしてゆくか。そこからの復元力をどう早くつくってゆくか、これが問題になるんですね。

**益川**　アメリカも、たとえば今回の大統領選挙を見ると、一九五〇年代までの野蛮な人種差別から見ると、想像もつかないことが起こりました。

**不破**　日本は、われわれは異常な資本主義と呼んでいるのですが、世界の変化のなかで見ると、ひどすぎます。しかし、そのひどさが国民にだんだんわかってきているということは、変わる条件が蓄積しているっていうことですよ（笑い）。

五〇〇年とまで言わなくても、一〇〇年という単位で後世から見たら、私たちが生きてきたこの時代は、進歩の芽が大きく発展した時代に見えるでしょう。二〇世紀も戦争ばかりの時代だったとよくいわれますが、主権在民の政治の広がり、植民地体制の崩壊、社会主義をめざす地域の広がりなど、すごい変わり方をしてきています。

**益川**　最近の日本社会で思うことは、昔と違った階層社会ができあがっていることです。われわれの時代と違って、最近は、大学に入ってこられるような階層とそうでない階層ができているんです。今は、授業料が年間一〇〇万円を超えますね。当時の私でしたらとても行けませんでした。そういうところに子どもを送り込めるような家庭でないと大学にこられない。しかも、いったん道から外れたら回復できないんですね。

**不破**　いまの日本では、社会のなかで、大部分の階層が安定した居場所を保障されていないんですよ。労働者の場合でも、昔は企業が、古い型ではあったけれども、長期の居場所をある程度保障していた。しかし、いまはその保障もない。では、ヨーロッパのような社会的ネットワークが用意されているかというと、それもない。

実際、世界的な経済危機のなかで同じように首を切られても、ヨーロッパには日本のような派遣労働はないし、解雇規制の法律があるから勝手な解雇はできない。失業保険も、日本とくらべればはるかに力のあるネットワークです。首切りなどにもちゃんと保障措置をとるような一定のルールをもった社会になっています。

**益川**　資本主義の国でももっとちゃんとした国にできる、しなければいけませんね。

**不破**　そうですね。たがいにがんばりましょう。

（「しんぶん赤旗　日曜版」二〇〇九年一月二五日、二月一日号）

不破哲三（ふわ　てつぞう）
1930年生まれ
関連する主な著書
「宮本百合子と十二年」「私の宮本百合子論」「小林多喜二　時代への挑戦」「一滴の力水」（水上勉氏との対談・光文社）「同じ世代を生きて――水上勉・不破哲三往復書簡」「新・日本共産党宣言」（井上ひさし氏との対論・光文社）「回想の山道」（山と渓谷社）「私の南アルプス」（山と渓谷社）
「新・日本共産党綱領を読む」「報告集・日本共産党綱領」（党出版局）「日本共産党にたいする干渉と内通の記録」（上下）「日本共産党史を語る」（上下）「日本の戦争――領土拡張主義の歴史」（日本共産党出版局）「ここに『歴史教科書』問題の核心がある」「歴史から学ぶ――日本共産党史を中心に」「『科学の目』で日本の戦争を考える」「歴史教科書と日本の戦争」（小学館）「日本の前途を考える」「憲法対決の全体像」
「スターリン秘史」（全６巻）「史的唯物論研究」「エンゲルスと『資本論』」（上下）「レーニンと『資本論』」（全７巻）「マルクスと『資本論』」（全３巻）「マルクス『資本論』――発掘・追跡・探究」「古典教室」（全３巻）「マルクスは生きている」（平凡社新書）

文化《ぶんか》と政治《せいじ》を結《むす》んで

2016年10月5日　初　版
2016年12月25日　第2刷

著　者　不　破　哲　三
発行者　田　所　　稔

郵便番号　151-0051　東京都渋谷区千駄ヶ谷4-25-6
発行所　株式会社　新日本出版社
電話　03（3423）8402（営業）
03（3423）9323（編集）
info@shinnihon-net.co.jp
www.shinnihon-net.co.jp
振替番号　00130-0-13681

印刷　光陽メディア　　製本　小泉製本

落丁・乱丁がありましたらおとりかえいたします。

ISBN978-4-406-06061-5 C0095　Printed in Japan